Le ki[...]ppeur des montagnes

Les aventures de Tom et Jessica

Super
SÉRIES

sous la direction de
Yvon Brochu

Les aventures de Tom et Jessica

Le kidnappeur des montagnes

Eric Wilson

Traduit de l'anglais par
Louise Lepage et Reynald Cantin

Données de catalogage avant publication (Canada)

Wilson, Eric

(Kootenay Kidnapper. Français)

Le kidnappeur des montagnes

(Super séries. Les aventures de Tom et Jessica)
Traduction de: The Kootenay Kidnapper.
Pour les jeunes de 8 à 12 ans.

ISBN 2-7625-8467-1

I. Lepage, Louise. II. Cantin, Reynald. III. Titre. IV. Titre: Kootenay
Kidnapper. Français. V. Collection: Wilson, Eric. Les aventures de Tom
et Jessica. VI. Collection: Super séries.

PS8595.I583.K614 1997   jC813'.54   C97-940404-5
PS9595.I583.K614 1997   PZ23.W54Ki 1997

The Kootenay Kidnapper
Copyright © 1983 Eric Hamilton Wilson
Publié par HarperCollins Publishers Ltd.

Version française
© Les éditions Héritage inc. 1997
Tous droits réservés

Sous la direction de Yvon Brochu, R-D création enr.
Illustration de la couverture: Sylvain Tremblay
Conception graphique: Claude Bernard
Mise en page: Jean-Marc Gélineau
Révision-correction: Christine Deschênes

Dépôts légaux: 3e trimestre 1997
Bibliothèque nationale du Québec
Bibliothèque nationale du Canada

ISBN: 2-7625-8467-1   Imprimé au Canada

10 9 8 7 6 5 4 3 2

LES ÉDITIONS HÉRITAGE INC.
300, rue Arran, Saint-Lambert (Québec) J4R 1K5
Téléphone: (514) 875-0327
Télécopieur: (514) 672-5448
Courrier électronique: heritage@mlink.net

LE CONSEIL DES ARTS | THE CANADA COUNCIL
DU CANADA | FOR THE ARTS
DEPUIS 1957 | SINCE 1957

Cette traduction a reçu l'aide du Conseil des Arts du Canada.

Nous remercions le Conseil des Arts du Canada de l'aide accordée à notre
programme de publication.

Ce livre est dédié à des êtres
qui me sont chers,
Heather et Ted Wilson,
Christopher, Cayley et Danniel Wilson,
Andrew et Julia Tugwell,
Jamie et Adrienne Rothney

CHAPITRE 1

Où est Tippi Allen?

Ces quatre mots étaient inscrits sous la photographie du visage souriant d'une petite fille. Les grands yeux bruns de Tippi Allen exprimaient l'innocence. Elle serrait contre elle une poupée. Elle n'avait que huit ans et manquait à l'appel depuis une semaine.

Tom Biondi secoua la tête, se sentant triste pour cette enfant. Dans toute la contrée, on ne parlait que de la mystérieuse disparition de Tippi. Tom venait passer une partie de ses vacances à Nelson, petite ville située dans les montagnes au sud-est de la Colombie-Britannique.

Un garçonnet d'une dizaine d'années s'arrêta devant l'affiche:

— Moi, je connais Tippi, annonça-t-il en direction de Tom, qui s'était assis sur un banc du mail Chahko-Mika.

— Tu t'inquiètes pour elle?

— Juste avant les vacances, on a eu une réunion spéciale dans le gymnase de l'école. Le directeur nous a expliqué comment se protéger contre les kidnappeurs. Il a dit qu'il fallait jamais parler aux étrangers.

Tom sourit.

— Pourquoi tu me parles alors?

— Toi, c'est pas pareil. Tu es jeune. Et puis

je sais me défendre. Tippi a fait l'erreur d'emprunter le raccourci du chemin de fer. Moi, je suis pas si stupide.

Les clients allaient et venaient dans le mail. Quelques-uns se promenaient avec leur enfant, d'autres faisaient du lèche-vitrines. L'une de ces personnes connaissait peut-être toute la vérité au sujet de Tippi.

— Quel est ton nom? demanda Tom.

— Chuck Cohen.

— Écoute, Chuck, es-tu...

Tom fut interrompu par l'arrivée soudaine d'un homme vêtu d'un uniforme d'agent de sécurité:

— Un de vous deux connaît-il Tippi Allen?

— Moi! lança Chuck.

— Eh bien, écoute, mon petit. Nous avons justement du nouveau. Tout laisse croire que Tippi est encore en vie. On a besoin de ton aide pour la retrouver.

— Wow! Qu'est-ce que je peux faire?

— Viens avec moi.

Chuck allait s'élancer vers l'inconnu, mais Tom le saisit par le bras.

— Minute!

Tom s'adressa alors à l'homme:

— Ne devriez-vous pas vous identifier?

L'homme s'immobilisa et Tom sentit soudain la peur monter en lui. Il ne pouvait voir le regard de cet inconnu qui portait des lunettes de soleil, mais il percevait chez lui une forte hostilité.

— Et toi, quel est ton nom?

— Moi... euh... Tom Biondi.

— Tu connais Tippi?

— Non, mais...

— Alors ne te mêle pas de ça.

Avant de s'éloigner en compagnie de Chuck, l'homme sortit son portefeuille et l'ouvrit. Un écusson doré scintilla sous les yeux de Tom.

— Puisque tu ne me fais pas confiance, voici...

Le garçon rougit et regretta d'être un rouquin dont la figure laisse toujours voir les émotions. Il baissa les yeux et examina l'insigne, tâchant de se convaincre qu'il était authentique et que Chuck pouvait vraiment aider cet homme à sauver Tippi. Il dut les laisser partir.

De l'arcade voisine lui parvenaient le tintamarre des jeux vidéo et les rires d'adolescents qui s'y étaient rassemblés en ce chaud vendredi soir. Pourquoi ne pas se joindre à eux?

Tom s'approcha et entra dans l'arcade. Il observa pendant un moment un jeune qui jouait à *Phantom II*, mais ses pensées étaient accaparées par le petit Chuck. Si quelque chose lui arrivait, ce serait sa faute.

Il sortit aussitôt de l'arcade et se fraya un chemin entre les passants. Il quitta le mail et se retrouva dehors, dans la nuit.

Une brise tiède en provenance du lac Kootenay, tout près, lui caressa le visage. Sous les hauts lampadaires du stationnement rutilaient de longues rangées d'automobiles et de camionnettes. Où se trouvait Chuck maintenant? Tom fit quelques pas, s'immobilisa, regarda dans toutes les directions. Rien. Un malaise lui vrillait l'estomac.

Il courut enfin vers une file de taxis, dans l'espoir qu'un des chauffeurs ait vu Chuck sortir du mail en compagnie de l'agent de sécurité. Soudain, il s'arrêta. Il venait d'apercevoir la lueur d'une petite flamme dans une automobile stationnée. Tom reconnut aussitôt la casquette et les lunettes noires de l'agent...

Des lunettes de soleil! En pleine nuit!

En s'approchant, Tom sentit les battements de son cœur s'accélérer.

— Excusez-moi, prononça-t-il après avoir cogné à la vitre. Je voudrais parler à Chuck.

— Encore toi!

Tom se tourna vers Chuck:

— Je pense que tu devrais sortir de là.

Le garçonnet continua de regarder droit devant lui, comme s'il n'avait rien entendu. D'une main tremblante, il porta une bouteille de boisson gazeuse à sa bouche. Un peu de liquide coula sur son menton.

— Chuck, je t'en prie! Sors de là!

Le chauffeur eut un sourire qui fit briller ses dents blanches. Il saisit le levier de transmission et l'automobile, lentement, s'éloigna. Tom courut vers un taxi.

— Madame! cria-t-il à la femme assise au

volant en train de lire le *Nelson Daily News*. Il faut m'aider! Un enfant est en danger!

— Qu'est-ce qui se passe, mon gars?

— Cette automobile! s'exclama Tom en indiquant deux feux de position. Suivez-la! Je vous expliquerai!

— Tu vas payer la course?

— Si vous y tenez, lança Tom en ouvrant la portière et en se jetant sur la banquette arrière. Mais ne les perdez pas de vue!

Faisant vrombir le moteur, la conductrice éclata de rire:

— Tu te crois dans un film d'action? J'ai toujours rêvé que Tom Cruise saute dans mon taxi en criant: «Suivez cette voiture!» Mais là, tout de même, c'est un peu ridicule.

Malgré son amusement, la chauffeure avait senti l'urgence dans la voix de Tom. Aussi avait-elle embrayé pour sortir du stationnement. Tom s'était penché vers l'avant et avait repéré le véhicule de l'agent de sécurité, qui arrivait à une intersection.

— Ils tournent à gauche, là!

Le taxi dut ralentir en croisant un chemin de fer et fut forcé de s'immobiliser devant le feu rouge.

— Pas de chance! Tu peux m'expliquer ce qui se passe pendant qu'on attend le feu vert?

Aussi vite que possible, Tom expliqua les raisons de son inquiétude.

— Je suis persuadé que ce n'est pas un vrai agent de sécurité. Il utilise l'uniforme et l'écusson pour tromper Chuck. Et je parie qu'il y avait de la drogue dans la boisson. Le petit avait l'air complètement... parti. Allez-y! c'est vert!

Les pneus crissèrent et le taxi s'élança vers la gauche.

— Je ne suis pas convaincue...

La femme avait les mains crispées sur le volant :

— Mais pour la petite Tippi, je ne peux risquer de me tromper.

— Vous la connaissiez ?

— Tippi et mon fils jouaient ensemble.

— Les voilà !

— Laisse-moi faire.

La chauffeure fit clignoter ses phares avant. L'agent de sécurité les aperçut dans son rétroviseur et fit un geste de la main. Les phares du taxi continuèrent à clignoter et la femme appuya sur le klaxon.

— Tu t'arrêtes, mon gars, ou je deviens méchante !

L'agent tourna dans une rue secondaire, roula encore quelque temps, puis s'immobilisa. Derrière, le taxi s'arrêta aussi, à une distance respectable.

— On va les observer d'ici, dit la chauffeure.

L'agent descendit calmement. Il ajusta sa casquette, s'alluma une cigarette et se mit à fumer, debout à côté de son véhicule.

— Allons lui parler, prononça enfin la femme en quittant le volant.

Apparemment sans peur, elle s'avança vers l'homme. Tom descendit pour l'accompagner. Il avait la bouche sèche et ses yeux scrutaient l'agent, à la recherche d'une arme cachée.

— Vous avez un problème? demanda l'homme avec un sourire.

— J'espère que non, répliqua la femme. Ce jeune homme croit que vous avez amené un garçonnet contre sa volonté.

Le rire de l'agent se fit entendre, bas et sourd. Il semblait parfaitement détendu. La figure de Tom se mit à rougir de plus belle. Et s'il était le jouet de son imagination?

— Écoutez, on veut juste parler un peu à Chuck, arriva-t-il à prononcer.

— Mais allez-y, dit l'homme en faisant un signe vers son véhicule.

La femme eut un regard sévère à l'endroit de Tom, qui avala de travers. Il ne se sentait vraiment pas bien. Lorsqu'ils se penchèrent, ils aperçurent Chuck, étendu sur la banquette avant, incapable de parler. Ses yeux étaient glauques. La femme avança la main. La sueur sur le visage du garçon était froide.

— Tu as raison. Cet enfant est drogué.

Se redressant, elle se retourna vers l'agent de sécurité. Mais elle ne le vit pas tout de suite. Il se tenait dans le faisceau des phares de son taxi. Il s'approchait d'eux.

— Tout ce qui m'importe, prononça l'homme de sa voix grave, c'est d'amener cet enfant à l'hôpital.

— Et moi, tout ce qui m'importe, répliqua la femme, c'est de comprendre ce qui se passe. Pourquoi ce garçon est-il dans cet état ?

— L'hôpital d'abord, les explications ensuite, trancha l'homme. Suivez-moi dans votre taxi.

Elle acquiesça et courut vers son automobile. Indécis et très inquiet pour le petit Chuck, Tom s'empressa de la rejoindre. Mais le moteur ne répondit pas à la clé de contact que tournait fébrilement la femme...

Des fils sectionnés pendaient sous le tableau de bord. Le fil du microphone avait également été coupé.

Horrifié, Tom leva les yeux.

Au loin, les feux de position du véhicule de l'agent de sécurité disparaissaient dans la nuit.

Un maniaque a déclaré la guerre à nos enfants !

L'homme qui venait de parler ainsi se surnommait Tattoo et se trouvait au volant d'un vieux minibus dans lequel étaient entassées six autres personnes. Il avait d'épais cheveux en bataille, une figure ronde et agréable. Ses bras musclés arboraient d'impressionnants tatouages. Sur son bras droit, une superbe moto accompagnée d'un crâne et de deux fémurs entrecroisés. À travers les poils de son avant-bras gauche apparaissait un grand cobra enroulé. Plus très jeune, Tattoo restait un «rocker», un vrai. Dans les années soixante, son idole avait été le chanteur rock Jerry Lee Lewis, surnommé alors *The Killer*... «le Tueur».

— Si les flics n'arrêtent pas cette crapule, je vais m'en occuper moi-même.

La femme assise à côté de Tattoo murmura :

— Calme-toi donc.

— On n'est plus en sécurité, Shirleen.

— Ne dis pas ça. Tu nous inquiètes et c'est supposé être un voyage de plaisir.

Elle se retourna et sourit aux autres passagers, serrés comme des sardines dans la vieille camionnette.

— Tout va bien ?

— Tout est parfait ! lança Tom, même s'il

était encore ébranlé par l'enlèvement de Chuck Cohen. Il s'était senti si impuissant!

La nuit dernière, le jeune Chuck avait été porté disparu, et on n'avait pas retrouvé le prétendu agent de sécurité. À la suite des témoignages de Tom et de la chauffeure de taxi, les recherches avaient été intensifiées et des forces policières supplémentaires avaient été dépêchées dans la ville de Nelson.

Dans la guimbarde de Tattoo, à part Tom et son ami de toujours, Gérald Logan, il y avait Théolonius P. Judd, mieux connu sous le nom de Maestro. Cet oncle de Gérald avait fait venir à Nelson les deux garçons de Winnipeg. Grand et séduisant, il portait, malgré la chaleur, un veston impeccable par-dessus sa chemise et sa cravate. Maestro se vantait d'être un as dans l'art de faire de l'argent. Il désirait explorer la région des monts Kootenay pour y dénicher quelques bonnes affaires.

Également entassées dans le minibus, la grand-mère de Shirleen, une frêle femme aux cheveux gris surnommée Super Granny, ainsi que Brandi, fille unique de Shirleen. Tom jetait constamment des coups d'œil du côté de cette adolescente dont les grands yeux bruns le fascinaient. Il remarqua que Brandi passait souvent ses doigts délicats dans son abondante chevelure.

Tattoo amenait tout ce beau monde voir un événement sportif opposant des bûcherons.

Tout comme Maestro et les deux garçons, il logeait au Shirleen's Place, un hôtel que dirigeait Shirleen avec l'aide de sa grand-mère et de sa fille Brandi. Maestro avait expliqué que réserver une chambre dans un hôtel était le meilleur moyen pour rencontrer les gens importants de la ville. C'est ainsi que les deux familles s'étaient connues et n'avaient pas tardé à fraterniser.

Tom tenta de s'intéresser aux beautés du paysage. Le minibus roulait le long de la rive nord du lac Kootenay. Un yacht laissait sur son passage des vagues miroitantes ; au-delà se profilaient des montagnes de conifères caressées par le soleil du matin.

— Hé ! Maestro ! lança Tattoo. On va bientôt voir la Glass House. Cette maison toute en verre a été construite par un entrepreneur de pompes funèbres. Imagine : il a utilisé des bouteilles vides qui contenaient du liquide d'embaumement. La rumeur veut que la Glass House soit hantée par ses anciens « clients ».

L'oncle de Gérald éclata de rire.

— Quelle atrocité ! Mais, en même temps, quelle idée géniale ! Cet homme savait comment faire de l'argent.

— En parlant de verre, intervint le farceur qu'était Gérald Logan, savez-vous pourquoi Tom Biondi a escaladé le mur de verre ? Eh bien, pour voir ce qu'il y avait de l'autre côté !

Brandi gloussa, ce qui rendit Tom un peu malheureux.

— Et toi, Logan, tu sais comment tenir une dinde en haleine?

— Non.

— Je te le dirai la semaine prochaine!

Brandi esquissa un faible sourire. Envahi par un vague sentiment d'infériorité, Tom tourna la tête en direction d'une épave échouée sur le flanc d'une colline. Il s'agissait en fait d'une ancienne timonerie dont les fenêtres sans vitre semblaient regarder en direction du lac. Le bateau y avait sans doute transporté de l'or et de l'argent jadis, ainsi que des mineurs venus coloniser ce coin de pays.

— Voilà tout ce qui reste du *S.S. Nasookin*, dit tristement Super Granny. Si vous saviez quels repas j'ai dégustés sur ce bateau à vapeur! Des «flageolets Kootenay» servis dans des assiettes de porcelaine déposées sur des napperons de dentelle! Nous les savourions en observant les orignaux qui nageaient autour du bateau et qui tentaient parfois de l'encorner.

— Des flageolets Kootenay! s'étonna Tom.

— Ne te laisse pas impressionner, expliqua Shirleen. Ces fameux flageolets Kootenay étaient simplement de stupides fèves au lard.

— En tout cas, reprit la grand-mère, elles étaient bonnes. Et quelle belle époque! Il y avait des courses de bateaux à vapeur, qui crachaient leur fumée noire pendant que les grandes pales arrière battaient l'eau. C'était superbe. Le plus rapide était décoré de bois de cerfs, que l'on fixait justement à la timonerie.

— Vous avez travaillé sur un de ces bateaux?

— Jamais! Moi, j'étais danseuse.

— Franchement, grand-mère, intervint Shirleen, est-il vraiment nécessaire de mentionner ce détail? Moi, je dis aux gens que vous étiez pionnière.

— Ils doivent penser que je suis six pieds sous terre, à manger des pissenlits par la racine. Je n'ai aucune honte du métier que j'exerçais, tu sauras. Ça détendait les mineurs, qui menaient une vie très dure. Je me souviens, en particulier, de Tommy Gynt. Quel homme! Il avait l'habitude d'amorcer les explosifs avec ses dents... jusqu'à ce qu'une capsule lui éclate à la figure.

Shirleen fit la moue, mais Brandi en rajouta:

— Super Granny, vos amis devaient être de vrais machos. Moi, j'aime les hommes forts.

Se rappelant les exercices qu'il faisait pour se gonfler les muscles, Tom arrondit ses biceps, se demandant de quoi il aurait l'air avec une moto ou un crâne gravé sur la peau de ses petits bras.

En atteignant Balfour, l'équipée se joignit à la filée de voitures qui attendaient le traversier. Bientôt, le bateau fut en vue, soulevant deux gerbes d'eau sous son pont inférieur, très bas. Alignés le long du garde-corps, des touristes envoyaient la main ou pointaient leurs caméras pendant que le traversier glissait doucement vers son point d'ancrage. Les automobiles et les camions-remorques sortirent en premier, suivis de deux jeunes femmes en motocyclette portant immatriculation de l'État de Washington.

— Ma sœur Jessica serait dans tous ses états, annonça Tom. Ces femmes ne portent pas le casque et c'est illégal en Colombie-Britannique.

Dès qu'ils furent à bord du traversier, Tom se dirigea vers le garde-corps. Une brise fraîche faisait frissonner le lac. Soudain, le vent changea de direction et les rayons du soleil se multiplièrent sur les vagues qui se mirent à danser harmonieusement. Partout, l'eau semblait profonde et noire, sauf le long des rives, où elle était d'un superbe vert pâle. Non loin du traversier, de luxueux bateaux de plaisance et de plus petits hors-bord faisaient tourner leurs moteurs ; ils partaient pour la pêche dans les eaux de cette véritable petite mer intérieure que formait le lac Kootenay.

— D'où vient le nom de cet endroit ? demanda Tom à Tattoo, qui venait de le rejoindre.

— *Kootenay* est un mot indien qui signifie «Peuple de l'eau». Ce lac est réputé pour le saumon *kokanee*. Après l'ère glaciaire, ces poissons sont restés coincés ici, incapables de retourner vers l'océan Pacifique. Un délice, mon petit gars.

Tattoo frotta sa bedaine et adressa à Tom un généreux sourire. Le garçon le lui rendit. Il aimait bien cet homme malgré la frousse que lui avait causée sa conduite «sportive» sur la route longeant la rive nord du lac, la North Shore Road.

— Quelles sont les épreuves prévues au concours de bûcherons, Tattoo?

— La moitié de la Colombie-Britannique est boisée. Alors, vois-tu, l'industrie forestière représente une affaire colossale. Les anciens bûcherons grimpaient dans des arbres géants ou lançaient des haches sur une cible. Aujourd'hui, les concours consistent plutôt à couper des bûches énormes avec des scies à chaîne.

— Et toi, quelle est ton activité préférée?

— Les concours d'adresse sur billot. Deux hommes forts, chaussés de bottes à crampons, cherchent à faire tomber l'autre dans l'eau en faisant tournoyer un gros tronc d'arbre sous leurs pieds.

— Tu participes à ces concours?

— Trop vieux, trancha Tattoo.

Pendant ce temps, le traversier quittait son quai d'embarquement et se dirigeait vers le large. Le vent s'engouffrait dans le tee-shirt de Tom. Le garçon pouvait maintenant entendre le bruit des vagues qui heurtaient la coque. De la main, il salua un homme dont la ligne à pêche plongeait, derrière son bateau, dans les profondeurs de l'eau froide et sombre.

— Ça, c'est la vie, Tom. Si ce n'était de cet avion, je me sentirais parfaitement bien.

Tom dirigea son regard vers le petit Piper qui survolait à très basse altitude la rive sud du lac.

— Que lui reproches-tu donc, Tattoo?

— C'est un avion de la Gendarmerie royale du Canada. Les agents sont à la recherche des corps des enfants disparus.

Un malaise envahit Tom. Il s'agrippa à la rampe tout en regardant l'avion disparaître au loin. Comment quelqu'un vivant dans ce décor enchanteur pouvait-il s'attaquer à des enfants? Si, au moins, il pouvait être utile... Sa nature de Biondi, toujours à l'affût d'un mystère à résoudre, s'éveillait peu à peu.

— Tu sais, Tattoo, je l'ai laissé s'échapper. Au moins, j'aurais pu crier pour que quelqu'un le rattrape.

— Allons, mon petit, calme-toi. Dis-moi plutôt ce que tu penses des Purcell, là-bas.

Les montagnes Purcell longeaient les rives du lac Kootenay. Elles étaient couvertes de forêts qui, à une certaine altitude, faisaient place à des rochers gris puis, plus haut encore, à des sommets enneigés qui hachuraient le ciel. La chaîne Purcell s'étirait ainsi vers le sud, chaque sommet plus pâle que le précédent, jusqu'à s'évanouir entièrement dans le fin brouillard causé par la chaleur.

— Non loin de Crawford Bay se cache la pépite Nelson. Elle vaut des millions, mais personne ne l'a retrouvée.

— Maestro y arrivera, lui.

— Je lui en ai parlé. Malheureusement, la pépite se trouve à cent vingt mètres sous l'eau, une profondeur qui peut donner le vertige à un plongeur professionnel.

— Comment s'est-elle retrouvée là?

— Des prospecteurs ont découvert l'immense morceau d'or en 1892. Ils l'avaient extrait de la montagne et tentaient de le faire descendre le long d'une falaise escarpée jusque dans une grande chaloupe. Tout d'un coup, le câble a cédé. Le morceau a déchiré le fond de l'embarcation et s'est engouffré dans les profondeurs.

— Tu parles d'une perte! Si je pouvais ramener cette pépite hors de l'eau, j'abandonnerais l'école et je ferais de Gérald mon esclave. Il nouerait mes lacets et me brosserait les dents.

— Dégoûtant! lança Tattoo en riant. En parlant de ton compagnon, il semble trouver Brandi de son goût.

Tom se tourna vers l'arrière du traversier, où Gérald pointait sa caméra vers Brandi. Le vent, qui soulevait et caressait les somptueux cheveux noirs de la jeune fille, faisait aussi frissonner les mots *Here comes trouble!* imprimés sur son tee-shirt. D'autres passagers observaient Gérald, qui photographiait Brandi sous tous les angles.

— Du cinéma, tout ça! murmura Tom pendant que Gérald montait dans une chaloupe de sauvetage avec sa caméra. Quelle pitié!

— Mais vas-y, mon gars. Tu es un rival de taille, non?

— Inutile! Et puis, Brandi ne m'intéresse pas tellement.

Les mains dans les poches, Tom revint vers le minibus en sifflotant.

Peu après, le traversier accostait. À la surprise de Tom, Tattoo ne tint aucun compte des signes du préposé et sortit le premier. Il sourit de satisfaction aux cris inutiles de l'employé.

Ils atteignirent bientôt Crawford Bay. Après avoir stationné devant une maison, Tattoo conduisit ses invités vers un parc qui se remplissait rapidement de curieux. D'une grande plate-forme leur parvenaient les échos provoqués par le choc du métal contre le bois. Des bûcherons se réchauffaient pour la compétition. Un éclat de soleil ricocha sur la lame d'une hache qu'un colosse avait projetée en direction d'un tronc d'arbre. Un son sourd retentit dans tout le parc lorsque le projectile toucha la cible dessinée à l'extrémité du tronc. Gérald grimaça.

— L'abominable homme à la hache! Biondi, tu as avantage à ne pas trop t'en approcher. Il pourrait avoir le goût de te faire une coupe de cheveux...

— Ou de me priver de ma tête, ajouta Tom en haussant les épaules. J'en ai besoin, moi! Surtout ces temps-ci.

— Pourquoi ne vendent-ils pas des tee-shirts à l'effigie de cette fête sportive ? demanda Maestro. Ou des ballons, des stylos, des tasses à café ? Ces gens n'ont vraiment aucun sens des affaires. Moi, je pourrais donner à cet événement l'ampleur du Stampede de Calgary.

Tom huma l'air des montagnes. À cette fraîche odeur se mêlait celle de la nourriture et il se retrouva bien vite assis à une table de pique-nique avec un hot-dog généreusement garni de moutarde, de ketchup et de marinades maison. Se sentant heureux, il leva les yeux en direction des sombres forêts couvrant les montagnes.

— Ce serait bien de transporter ce décor chez nous, à Winnipeg, prononça-t-il alors que Maestro se joignait à lui.

— Et moi, je rapporterais bien leur recette de marinade ! lança ce dernier en mordant à belles dents dans son hamburger.

À ce moment précis, Brandi et Gérald s'approchèrent à leur tour. Adoptant aussitôt une attitude nonchalante, Tom se prit un épi de blé d'Inde.

— Quelque chose qui va pas, Tom ? demanda Brandi en s'assoyant près de lui. Serais-tu en train de me snober ? Je croyais bien que tu me photographierais sur le traversier.

— Kid Caméra a pris suffisamment de photos pour remplir trois albums. Je me contenterai de cela.

L'épi, d'un jaune intense, reluisait sous les dents de Tom. Légèrement sucré, assaisonné de beurre et de sel, il fut vite nettoyé de tous ses grains.

— J'ai besoin de ma caméra pour autre chose, ajouta Tom.

— Voilà Biondi qui retombe dans ses manies de grand détective, grogna Gérald. Photos de tous les suspects, notes sur leurs déplacements... Fais attention, Brandi, il est capable de te signaler comme suspecte numéro un dans cette affaire de kidnapping.

Brandi se retourna vers Tom et le regarda droit dans les yeux.

— C'est vrai que tu as déjà aidé à résoudre des crimes?

— Oui, dit Tom, l'air indifférent. Quelques-uns.

— Il faudra me raconter ça un de ces jours.

— Bien sûr!

Les yeux de Gérald allaient de l'un à l'autre.

— Biondi a été chanceux, voilà tout. Cette fois, c'est probablement lui qui va se faire enlever.

— Impossible!

— Tu veux parier?

Un haut-parleur annonça l'approche du défilé qui ouvrait la compétition. Brandi et Gérald se hâtèrent pendant que Tom restait derrière, avalant sa limonade et se demandant encore qui pouvait être ce terrible kid-nappeur.

Soudain, une ombre s'allongea sur la table et Tom leva les yeux sur un jeune garçon de son âge, aux cheveux blonds et au teint bronzé.

— Qui était cette beauté avec toi?

— Oh! une simple connaissance, murmura Tom en se levant pour aller porter son assiette de carton dans une poubelle. Elle s'appelle Brandi. Pourquoi?

— J'aimerais bien la rencontrer, répondit le jeune garçon en tendant la main. Moi, c'est Simon. Mon équipe et moi, nous arrivons de Tumbler Ridge pour participer au tournoi de hockey estival à Nelson. Tu joues, toi aussi?

— Non, mais j'aimerais bien assister à quelques parties.

— La première a lieu demain, à midi. Viens nous encourager.

— J'amènerai peut-être Brandi... mais je ne voudrais pas qu'elle t'empêche de te concentrer sur le jeu.

— Si tu l'amènes, je vais jouer comme un démon.

❦ ❦ ❦

Installés sur les estrades du parc, Tom et Simon regardèrent le défilé, qui se termina avec *The Saints*, exécuté par la troupe Kazoo de l'école élémentaire de Crawford Bay. Tout près d'eux se trouvaient Maestro, Gérald et Brandi. Celle-ci flirtait déjà si ouvertement avec Simon que Tom se sentit mal à l'aise. Tom vit Tattoo appuyé contre une clôture, non loin. Il s'entretenait avec quelques concurrents.

D'énormes billots étaient installés au milieu d'une grande plate-forme en prévision de la première épreuve, le tronçonnage à la scie à chaîne. Le maître de cérémonie expliqua en quoi consistait cette compétition et les hommes se précipitèrent vers les troncs immenses. L'atmosphère fut aussitôt remplie par le rugissement des puissantes scies à chaîne. Des copeaux de bois jaillissaient alors que les lames traversaient les billots. Immédiatement, Tom comprit que le gagnant serait ce bûcheron aux bras massifs qui poussait de tout son poids sur son outil. Celui-ci s'enfonçait dans le bois comme dans du beurre. La scie fit entendre une dernière pétarade et une galette de bois, telle une immense pizza, roula sur la plate-forme.

Une fumée bleue s'élevait au-dessus des compétiteurs. Une agréable odeur de bois fraîchement coupé se répandit dans tout le parc. Tattoo s'avança et leva le bras du gagnant sous les applaudissements de la foule.

Face au public rassemblé, Tattoo arborait un sourire si large qu'on aurait cru qu'il avait lui-même gagné la compétition. En croisant le regard de Tom, il lui fit un clin d'œil. Soudain, une expression de profond étonnement apparut sur ses traits. Après avoir fixé longuement un point précis, non loin de Tom, Tattoo détourna les yeux.

Qu'est-ce qui avait bien pu l'ébranler ainsi? Il avait, semblait-il, regardé en direction de Brandi et de Simon qui, penchés l'un vers l'autre, étaient en grande conversation. Tom ne comprenait pas ce qui se passait. Troublé, il observa encore une fois Tattoo, se demandant quel secret il dissimulait.

Peu après, le groupe dut quitter le parc. Shirleen vint les chercher dans les estrades pour les amener vers le minibus, où les attendait Tattoo. Tom et Simon confirmèrent leur rendez-vous pour la partie de hockey du lendemain, puis se séparèrent.

Dans le minibus, Tattoo s'en prit aussitôt à Brandi, qui se plaignait de partir si vite. La tension entre les deux monta jusqu'à ce qu'apparaisse la fameuse Glass House, ce qui désamorça la querelle. Cette construction faite de bouteilles vides ayant contenu des liquides d'embaumement était vraiment ridicule. Tous se mirent à rigoler... Tous, sauf Tattoo.

Un malaise, comme un nuage, continuait à planer au-dessus de l'homme. Il ne disait plus rien et leur poussa même dans le dos durant toute la visite de la réserve écologique de Creston... Lui qui, depuis des jours, n'avait cessé de parler avec enthousiasme de cette fameuse réserve.

Et le pire était encore à venir. La visite terminée, alors que le minibus se dirigeait vers le Skyway, cette superbe route qui traverse les montagnes en haute altitude en direction de Salmo, ils tombèrent sur un barrage policier. Tattoo poussa un juron et faillit refuser de s'arrêter. Une fois le véhicule immobilisé, les officiers furent très polis et lui expliquèrent que ce barrage faisait partie des moyens pris pour retrouver les enfants disparus. Tattoo fut si grossier que Tom en rougit d'embarras.

Quand ils reprirent la route, Maestro tenta de détendre l'atmosphère.

— Vous savez comment je ferais de l'argent avec la réserve zoologique de Creston? Eh bien, j'y ferais construire un restaurant dont la spécialité serait les repas d'oiseaux.

— Allons, se moqua Super Granny, les gens ne paieraient jamais pour avaler des graines.

— Chère dame, vous m'avez mal compris. J'y servirais des oiseaux à manger. Canard à l'orange, héron rôti, aigrette sauce aux prunes... Le client, assis devant la fenêtre du restaurant, choisirait l'oiseau qui lui plaît et observerait le serveur capturer celui-ci en pleine nature et...

Écoutant à peine, Tom sourit. Il préférait observer le soleil couchant qui se glissait au creux de la vallée luxuriante. Les sommets des montagnes, habituellement gris, prenaient une douce teinte bleutée. Une rivière aux eaux vives serpentait entre d'immenses rochers et brillait à la brunante.

— Regardez, lança Gérald. Sur l'autre flanc de la vallée, il y a un poste de garde forestier. Tu parles d'un travail! Je me demande ce qu'ils font pour se désennuyer. Il ne doit même pas y avoir de télévision, là-haut.

— Si j'étais propriétaire de ce poste, intervint Maestro, je le louerais à un ermite et je demanderais de l'argent au gouvernement chaque fois que mon ermite détecterait un feu de forêt.

— Si tu cherches un gars pour ton ermitage, lança soudain Tattoo, je suis candidat... Avec tout ce qui m'arrive depuis un bout de temps, j'aimerais bien me retrouver tout seul dans la nature...

🔥 🔥 🔥

Le lendemain, dans les estrades de l'aréna de Nelson, Tom s'assit à côté de Brandi. Gérald leur collait aux talons.

— Mets du poids sur ton bâton, lança ce dernier en direction de Simon. Tu joues comme un vieux.

— Logan, se moqua Tom, tu es jaloux. Simon est le meilleur joueur sur la glace.

— S'il utilisait davantage ses muscles, intervint Brandi, il pourrait écrabouiller les joueurs du Nelson sur la bande.

— Ils ne lui ont rien fait, rétorqua Tom.

— Et alors? Il faut être les premiers à secouer l'adversaire pour les intimider. C'est comme ça, le hockey.

Elle bondit du banc quand elle vit Simon attraper une passe à la ligne bleue. Celui-ci feinta un lancer frappé et poussa la rondelle en direction d'un coéquipier de Tumbler Ridge, qui exécuta un lancer bas et puissant.

À la dernière seconde, avec la lame de son patin, le gardien de but stoppa la rondelle. Simon sauta sur le retour de lancer et propulsa une seconde fois le disque vers le coin inférieur du filet ; mais le gardien, vif et souple, réalisa de nouveau un arrêt en faisant le grand écart.

— Ça, c'est du hockey ! lança Tom pendant que le sifflet de l'arbitre retentissait. J'adore ça !

Un à un, avant la mise en jeu, les joueurs du Nelson vinrent frapper de leur bâton les jambières de leur formidable gardien de but.

— Moi, ajouta Brandi, je préfère quand ça frappe dur !

Le trio de Simon se dirigeait vers le banc des joueurs pendant qu'un nouvel alignement sautait sur la patinoire.

— Simon ! cria tout à coup Brandi, rentre-leur dans le corps !

Simon sourit en s'assoyant sur le banc. Il saisit la bouteille d'eau. La sueur lui coulait sur le visage pendant que l'entraîneur engueulait l'équipe pour ses erreurs.

Avec sa figure ronde, son chapeau plat et sa bedaine de bière pendante au-dessus d'une ceinture de cow-boy, cet homme ne cadrait pas dans le monde du hockey. Mais il semblait passionné. L'énervement se lisait sur son visage et sa voix était devenue rauque à force de crier.

— Je n'aime pas cet entraîneur, dit Tom. Il est toujours sur le dos de ses joueurs.

— C'est ce qu'il faut faire, répliqua Brandi. Son équipe va gagner. Celle de Nelson n'a aucune chance. Regarde leur instructeur. Kendall Steele semble totalement indifférent.

En effet, derrière le banc de l'équipe locale, l'entraîneur se tenait debout, très calme, les mains dans les poches. Vêtu d'un complet de bonne coupe, il s'entretenait avec le gérant du club. Soudain, la foule hurla de joie. L'homme tourna la tête en direction du filet du Tumbler Ridge.

— L'équipe de Nelson vient de marquer! cria Tom à travers les cris du public. Tu vois, Brandi, ta théorie ne tient pas.

— C'est loin d'être terminé, répliqua-t-elle. Tu vas voir, Tom. C'est un duel d'entraîneurs et de tactiques. Moi, je gagerais sur Burton Donco, l'entraîneur du Tumbler Ridge.

Sur le banc du Nelson, malgré leur but, les joueurs ne recevaient que de discrets encouragements de la part de Kendall Steele. De leur côté, les joueurs du Tumbler Ridge essuyaient les violentes réprimandes de Burton Donco, rouge de colère.

Sur la patinoire, les réflecteurs faisaient reluire les casques des joueurs et amplifiaient les couleurs vives de leurs uniformes. L'air ambiant était frais et la glace crissait sous les lames des patins. L'excitation se lisait sur tous les visages.

— Je crois que je vais rester ici toute la journée, annonça Tom, en s'adossant confortablement à son siège.

— Et le kidnappeur, tu l'oublies? demanda Gérald. Tu n'es plus à sa poursuite?

— Je n'ai pas envie de me frotter à un bandit de ce calibre. D'ailleurs, la police s'en occupe.

— J'espère qu'ils le captureront bientôt, intervint Brandi. Ce criminel me donne froid dans le dos.

— Ne t'inquiète pas, dit Gérald. Il ne s'attaque qu'à des jeunes.

— Comment le sais-tu? Peut-être a-t-il capturé des plus vieux aussi, comme ce tordu qui a assassiné des jeunes sur la côte ouest. J'ai lu qu'il faisait monter des auto-stoppeurs ou des ados qui attendaient l'autobus. Il leur montrait une superbe carte d'affaires et leur offrait un emploi. Ses victimes lui faisaient immédiatement confiance, simplement parce qu'il avait l'allure d'un patron important.

— Pourquoi n'essayaient-ils pas de sauter en bas de la voiture? demanda Gérald.

— Il réussissait à les droguer en leur faisant boire quelque chose. Il était très rusé. Il leur faisait même avaler des capsules en parlant de «remontants». De toute façon, un coup monté dans l'automobile d'un tueur, il n'y a pas grand issue possible. Même pour toi, Gérald!

— Laisse tomber, rétorqua Gérald. Tu n'arriveras pas à me faire peur.

Il semblait tout de même légèrement inquiet. Tom aussi d'ailleurs. Mais leur attention se porta de nouveau vers la patinoire: Tumbler

Ridge venait déjà d'égaliser le pointage, exerçant ainsi une forte pression sur l'équipe locale. Et plus la fin du match approchait, plus les joueurs du Nelson montraient des signes de fatigue. Il ne restait plus qu'une minute de jeu quand un joueur de Tumbler Ridge déjoua un défenseur à la ligne bleue pour s'élancer vers le gardien du Nelson, suivi de Simon à qui il laissa la rondelle avant de poursuivre droit vers le filet. Pendant une fraction de seconde, la vision du gardien fut obstruée et Simon en profita pour décocher un puissant lancer qui souleva le filet.

Fous de joie, les joueurs du Tumbler Ridge se précipitèrent sur Simon. Brandi était tout sourire quand elle se tourna vers Tom.

— J'aurais dû parier! Burton Donco a gagné. Je l'avais dit : c'est le meilleur entraîneur!

— Tu as raison, Brandi, répondit Tom qui observait, déçu, un Kendall Steele impassible.

Même pendant les dernières secondes du match, l'entraîneur du Nelson observait froidement son équipe qui cherchait désespérément, mais en vain, à marquer le but égalisateur. La partie terminée, il ajusta simplement son habit et quitta sa place derrière le banc.

Quel contraste avec Burton Donco! Heureux comme pas un, il félicitait chaleureusement ses joueurs en leur secouant la tête et en les serrant dans ses bras.

Tom s'approcha du banc des joueurs et alla

serrer la main de son nouvel ami avant qu'il ne se rende au vestiaire. Simon et lui se donnèrent rendez-vous pour le lendemain matin. Après quoi, Tom se dirigea directement vers la sortie. Il préférait rester seul même si cela signifiait que Gérald pouvait, pendant ce temps, marquer des points auprès de Brandi.

Dehors, le soleil était de plomb. Tom s'engagea dans une rue ombragée où il observa les vieilles maisons de style classique, leurs jolies dentelles de bois, leurs toits coniques et leurs fenêtres en saillie garnies de plantes vertes. La dernière fois qu'il avait vu de telles maisons, c'était à Lunenburg.

— Hé! petit!

Tom se retourna et vit une femme au volant d'une automobile. À côté d'elle, un homme scrutait une carte de la ville de Nelson.

— Peux-tu venir ici? demanda la femme. Nous avons besoin d'aide.

Une voix en Tom l'avertissait qu'il ne devait pas trop s'approcher. Les maisons autour semblaient vides et il n'y avait aucun piéton pouvant lui venir en aide, aucun chauffeur de taxi pouvant appeler la police, aucun magasin ou station-service où se réfugier...

— Nous sommes perdus, dit la femme. Tu sais où se trouve l'hôtel de ville?

Tom indiqua la direction, mais la nervosité le fit bafouiller quelque peu. Alors la femme lança :

— Je ne t'entends pas bien. Viens plus près...

Tom ne bougea pas et répéta plus fort ses renseignements. Son regard scrutait les alentours et il se demanda : comment il pourrait attirer l'attention de quelqu'un. Sa bouche était subitement très sèche.

Sur la banquette arrière de la voiture, l'homme jeta sa carte et descendit.

— Écoute, mon petit, prononça-t-il d'une voix douce. Nous sommes des journalistes et il y a une conférence de presse à l'hôtel de ville au sujet des récents enlèvements d'enfants. Nous sommes en retard et nous ne devons pas rater cet événement.

L'homme fit une pause, esquissa un sourire et continua :

— Pourrais-tu nous accorder une faveur ?

— Laquelle ?

— Saute dans l'auto et indique-nous le chemin. On te donnera de l'argent pour payer le taxi qui te ramènera chez toi.

— Non, dit Tom en hochant la tête.

Soudain, l'homme donna un violent coup sur la voiture.

— Quelle andouille tu fais ! cria-t-il. C'est important pour nous ! Là, regarde ma carte de presse... avec ma photo ! Tu crois qu'on n'est pas des vrais journalistes ?

Tom tourna la tête et vit, au bout de la rue, un panneau indiquant la direction de l'hôpital. Là, il pourrait trouver de l'aide. Tout en surveillant la voiture, il s'éloigna.

— Reviens ici ! criait l'homme.

Au même moment, la femme démarra. Le cœur de Tom battait de plus en plus fort et il se mit à courir.

Il ne s'arrêta qu'une fois rendu à l'hôpital.

Le lendemain, Tom raconta à Simon son aventure avec les journalistes.

— Finalement, c'était de vrais journalistes. Je les ai même vus à la télé. Ils posaient des questions lors de la conférence de presse concernant les enfants disparus. Mais je ne regrette pas d'avoir dit non.

— De toute façon, dit Simon, ils ont trouvé l'hôtel de ville sans ton aide.

— Je n'avais vraiment pas confiance.

— T'as bien fait. « Mieux vaut être plus prudent que pas assez ! » comme disent les adultes.

— En tout cas... il fait beau ce matin !

Les deux garçons étaient assis sur les roches de la grève, observant le soleil qui illuminait les toits des maisons de Nelson, de l'autre côté du lac. Derrière la ville s'élevait une montagne ; les cimes des arbres semblaient caresser les longs et paresseux nuages qui flottaient dans le ciel bleu.

Le cri perçant d'un oiseau retentit au-dessus de l'eau ; une vague vint mourir sur la rive où se trouvaient Tom et Simon. Pendant un long moment, ils ne dirent pas un mot. Seul le bruit de quelques automobiles roulant sur la North Shore Road vint rompre ce silence jusqu'à ce que Tom lance :

— Je pense que ton équipe va gagner le

tournoi. Vous êtes très forts!

— J'espère, sinon Burton Donco va nous décapiter. C'est le pire entraîneur que j'aie jamais eu.

— Il ne m'a pas tellement impressionné, mais c'est tout le contraire pour Brandi.

— Je déteste l'entendre crier comme ça. Dans le vestiaire, il est encore pire. Même vulgaire. Il lance plein de jurons! Ça me donne envie de quitter le hockey.

— Voyons, Simon, fais pas ça! Tu as le talent pour devenir professionnel.

— Je voudrais changer d'équipe. Certains entraîneurs sont vraiment bons. Le nôtre perd trop souvent la tête.

Tom aperçut un banc de minuscules poissons bruns qui frétillaient sous l'eau cristalline. Ils se tenaient immobiles, tous ensemble, et d'un mouvement vif, ils décampaient dans une direction inattendue. Au-dessus, une libellule, telle un petit hélicoptère, frôlait la surface de l'eau.

— Tu es déjà monté dans un hélicoptère, Simon?

— C'est un des plus beaux souvenirs que j'aie de mon père. Quand j'avais quatre ans, il a payé un pilote d'hélicoptère pour que nous fassions un tour. On a fait toutes les manœuvres possibles. J'étais terrifié... mais j'ai adoré ça.

— Ton père est mort?

Simon demeura silencieux un moment. Il secoua la tête :

— Non, mais il serait aussi bien de l'être. Il y a un an, il est parti... et ma mère n'en a plus jamais entendu parler. Finalement, on a déménagé à Tumbler Ridge pour qu'elle puisse trouver du travail.

— Tu lui en veux, à ton père?

— Toi, tu lui en voudrais pas? Quelquefois, j'entends maman pleurer. Alors je veux le retrouver et lui faire du mal. Malgré cela, je conserve sa photo sur un mur de ma chambre. Quand je la regarde, je me réconcilie avec lui. C'était un bon père... le meilleur!

— Il va peut-être revenir.

— Je préfère ne pas trop y croire.

Simon leva les yeux vers les grands pins hérissés de longues aiguilles vertes. Tom, lui, se mit à observer les taches noires et brunes sur le dos d'une araignée attendant patiemment une proie qui se prendrait dans les délicats filets de sa toile. Il se tourna ensuite vers le lac, dont la surface agitée par la brise faisait danser des milliers d'éclats de diamant.

— Dis-moi: que penses-tu de Brandi?

— On dirait que tu l'aimes bien, répondit Simon en souriant.

— Oui, peut-être, prononça Tom, soudain timide. Mais je ne suis pas sûr. Elle est jolie, mais je n'arrive pas à trouver un sujet de conversation qui l'intéresse.

— Ça ne dépend pas de toi. Elle t'a déjà posé des questions?

— Pas tellement. Elle semble s'intéresser

au fait que j'ai déjà résolu quelques crimes, mais jamais elle n'a cherché à connaître les détails. On a rendez-vous au Big Tee pour le lunch. Elle me posera peut-être des questions.

— Possible, ajouta Simon en passant sa main dans sa chevelure blonde. Tu as déjà remarqué comment agissent les jolies filles? Elles grandissent en croyant qu'elles n'ont aucun effort à faire pour plaire, qu'il leur suffit d'exister pour que chacun devienne leur esclave. Elles ont la vie trop facile et deviennent ennuyeuses.

— Ma sœur Jessica est vraiment jolie... et elle est loin d'être ennuyeuse.

— Tu me la présenteras! répliqua Simon. Entre-temps, je vais me contenter des filles ordinaires... et amusantes.

C'est à ce moment qu'un bruit de pas se fit entendre derrière eux. Se retournant, ils levèrent les yeux vers un homme aux cheveux blancs, aux sourcils broussailleux et à la moustache épaisse.

— Je m'excuse, les gars, prononça le vieil homme en s'appuyant sur une canne de bois poli. Vous n'auriez pas vu un petit chien?

— Non, répondit Simon. Il est perdu?

— Oui, répondit l'homme dont la main tremblait en pointant sa canne en direction de la route. J'habite juste là, après la courbe. Mes petits-enfants restent chez moi tout l'été et ma petite-fille a amené son chiot avec elle. Je l'ai laissé s'échapper de la cour. C'est ma faute.

J'avais oublié de fermer la clôture. Je suis très ennuyé. La petite va avoir le cœur brisé.

Tom se leva et jeta un regard en direction de la route sinueuse. Il se rappelait à quelle vitesse Tattoo y conduisait en faisant crisser ses pneus à chaque courbe. Un petit chien perdu et apeuré n'aurait aucune chance d'échapper à l'arrivée d'un tel bolide.

— On peut vous aider à le retrouver, si vous voulez.

— Magnifique! s'exclama le vieil homme. Plus jamais je ne parlerai contre la jeunesse d'aujourd'hui. C'est vraiment généreux de votre part de m'aider ainsi. Je vous promets une belle récompense.

L'homme retourna vers la route, suivi des deux garçons.

— On va faire de notre mieux, dit Tom. Quel est le nom de l'animal?

L'homme fit une pause. Enfin, il hocha la tête.

— Franchement, je n'arrive pas à me souvenir. Pompon peut-être ou... Je ne sais pas. Ma mémoire me trahit.

Ils arpentèrent les deux côtés d'une courte section de la route. À un moment donné, le vieil homme pointa sa canne en direction d'un boisé.

— Hé, les gars! Croyez-vous que le petit chien pourrait être caché par là?

— Peut-être, répondit Tom. Allons voir.

Ils entrèrent dans un boisé aux odeurs

douces, où la végétation abondante les coupa bientôt du monde extérieur. Les rayons du soleil y pénétraient sous la forme de larges bandes lumineuses qui faisaient chatoyer le vert intense du sous-bois. Le sol spongieux amortissait les pas des deux garçons. Un sentier, long et sinueux, se perdait dans l'ombre, plus loin.

Tom frissonna. Pour la première fois, il s'aperçut que les oiseaux étaient silencieux. Cet endroit était décidément une cachette parfaite pour un petit chien. L'animal n'avait qu'à ramper sous un buisson épais afin d'attendre la venue de sa jeune maîtresse. Mais il devait aussi demeurer sur ses gardes. Des prédateurs pouvaient facilement s'attaquer à une si fragile petite bête.

Tom avançait lentement, doutant de plus en plus qu'il pourrait dénicher un petit chien parmi toutes ces ombres. Soudain, son estomac se serra. Au-dessus de lui, accroché à une branche, il vit... un crâne !

Y regardant de plus près, Tom comprit qu'il s'agissait plutôt d'un nid de guêpes. De couleur grise et de forme menaçante, il était percé d'un trou noir à la base, évoquant une bouche tordue par un cri de mort. Malgré la peur qui le tenaillait, il parvint à garder son regard sur le nid...

Mais pourquoi Simon se faisait-il si silencieux ?

Tom se retourna alors. Horrifié, il aperçut

Simon et le vieillard qui se battaient en silence. L'homme, l'avant-bras serré contre la gorge du garçon, cherchait à l'étouffer. La figure de Simon était toute rouge.

— Ne bouge pas, ordonna l'homme en direction de Tom. Et couche-toi!

Tom se laissa tomber sur les genoux. Son corps tremblait. La figure de Simon tournait au pourpre. Le garçon s'évanouit et l'homme l'empêcha de s'effondrer.

La main de Tom se referma sur une poignée de terre meuble. Avec une énergie surprenante, il s'élança en direction de l'homme et lui lança la terre à la figure. Pendant qu'il se lamentait et se frottait les yeux, Tom courut en direction de la route. Il devait arrêter une voiture pour obtenir du secours.

— Reviens! cria l'homme.

Tom courut encore plus vite, s'étonnant d'être entré si profondément dans le bois. Quel fou il avait été! Il entendait derrière lui le bruit des pas qui le poursuivaient. Son cœur battait à tout rompre dans sa poitrine. Son souffle lui brûlait la gorge. Courir! Courir plus vite!

Surgissant de la forêt, Tom se retrouva au milieu de la route et se mit à la recherche d'automobiles. Mais aucun véhicule ne brillait sous le soleil ardent. Il vit alors le criminel sortir de la forêt. Les cheveux blancs qui lui couvraient la tête étaient curieusement soulevés. Une perruque! Tom vit alors que le bandit portait des bottes de cow-boy éraflées... Qui a déjà vu un vieillard avec des bottes semblables ? Tom s'en voulait de s'être fait avoir si facilement.

L'homme, encore partiellement aveuglé par la poussière, se frottait les yeux. Tom scruta la route, dans les deux directions. Aucune voiture en vue. Il devait continuer de courir, car le bandit le pourchassait toujours... Un bandit capable d'étouffer un enfant. Tête baissée, Tom s'élança, puisant dans ses dernières ressources. Il sentait que l'homme se rapprochait.

Quand le garçon releva la tête, il reprit espoir. Un objet brillait devant lui : sur un poteau de téléphone, une manette, rouge et étincelante, n'attendait que sa main pour sonner l'alarme. Il devait l'atteindre le premier. Mais les pas de son poursuivant lui semblaient si près qu'il avait l'impression de sentir son souffle sur sa nuque. Tom courut cette fois avec l'énergie du désespoir. Il avança la main, la posa sur la manette rouge et tira d'un coup. Immédiatement, un incendie était signalé au poste de pompiers le plus près. Tom s'effondra au sol, épuisé, attendant que les mains de l'homme s'abattent sur lui.

Mais aucune main ne le toucha. Il entendit plutôt un juron. Puis, de nouveau, des pas. L'homme s'enfuyait. Tom resta accroupi, remplissant ses poumons d'air pur. Des sirènes retentirent au loin.

Il était sauvé.

Les pompiers arrivèrent en moins d'une minute. Ils félicitèrent Tom d'avoir été aussi alerte et le suivirent dans la forêt.

Dès son entrée dans le boisé, le silence rempli d'ombres et la douce odeur de verdure rappelèrent à Tom les terribles moments qu'il venait de vivre. Pourtant, la tête bien haute, il avança. Il devait repérer Simon.

Il retrouva son ami allongé dans le sentier. Un rayon de soleil lui éclairait le visage. Penché sur celui-ci, Tom chercha un signe de vie.

Les yeux de Simon s'entrouvrirent et un faible murmure traversa ses lèvres. Tom fut si heureux d'entendre son souffle qu'il faillit le serrer dans ses bras. Munie d'une trousse, une pompière s'approcha et prodigua rapidement les premiers soins à Simon. Tom retenait sa respiration.

Autour, des pompiers arpentaient les bois à la recherche de l'assaillant. Au loin retentirent les sirènes d'autres véhicules. Bientôt, Tom fut interrogé par un policier pendant qu'un autre veillait sur Simon, qui commençait à retrouver ses sens.

— L'assaillant, dit Tom, était le même homme qui a enlevé Chuck Cohen. Les bottes éraflées, c'étaient les mêmes. Je les avais remarquées parce que je n'arrivais pas à comprendre comment un agent de sécurité pouvait porter de telles bottes de cow-boy.

L'officier prit des notes et jeta ensuite un regard en direction de Simon.

— Ce kidnappeur semble habile dans l'art du déguisement. Vous avez vraiment cru que c'était un vieil homme?

— Oui, avoua Tom. Il nous a bien eus. Je désirais vraiment aider ce vieillard à retrouver le chien de sa petite-fille. J'étais même triste pour elle.

— Évidemment, le petit chien et la petite-fille n'existent pas, prononça l'officier en secouant la tête. Bien des enfants marchent dans ce genre d'histoires, surtout lorsqu'on leur demande de rechercher un animal perdu ou un enfant égaré. Quelquefois, les plus jeunes tombent même dans le piège pour de stupides bouteilles vides. Ils oublient trop souvent qu'il ne faut jamais se laisser entraîner dans un endroit où l'on peut être attaqué sans témoin. On a beau répéter sans cesse qu'il faut toujours répondre qu'on va aller demander la permission aux parents et quitter les lieux au plus vite, plusieurs se laissent encore prendre.

— Pourquoi cet homme s'en est-il pris à nous?

— On ne connaît pas les motifs qui poussent cet homme à s'attaquer à des enfants. Nous pensons que c'est un kidnappeur, mais aucune demande de rançon n'a encore été déposée. Il est donc possible que les enfants soient morts. Toi et Simon avez failli être les suivants.

Tom croisa les bras autour de sa poitrine, se sentant subitement très vulnérable. Il garda cette pose pendant que Simon répondait aux policiers. Il se sentait encore tout tremblotant quand un officier s'approcha en brandissant une perruque blanche.

— Voilà une partie du déguisement. On l'a retrouvée sur une route de terre, de l'autre côté du bois. Tout porte à croire que le bandit s'y était garé. Il doit être loin à présent.

— Qu'est-ce que vous allez faire, maintenant? demanda Tom.

— On va d'abord conduire ton ami à l'hôpital pour un examen plus approfondi, ensuite on va te déposer chez toi.

— Je souhaiterais plutôt me rendre au Big Tee.

Le policier regarda Tom pendant quelques secondes avant d'éclater de rire.

— Tu veux vraiment manger des hamburgers après tout ce qui vient de t'arriver?

— Pourquoi pas? répondit Tom. J'ai un rendez-vous important.

— D'accord. Tu es vraiment un rude gaillard.

Souriant, Tom s'avança vers la route et alla s'asseoir dans l'auto-patrouille. C'est au son des sirènes qu'il traversa Nelson. Au Big Tee, il ressentit un petit plaisir quand, en descendant du véhicule de police, il vit tous les regards sur lui.

Mais sa belle humeur s'évanouit lorsqu'il

entra dans le restaurant et que Gérald l'inter-
pella :

— Tiens, voilà Sherlock Holmes! Venez
donc vous joindre à nous, monsieur Holmes.

Assis sur un banc près du juke-box, il lui
envoyait la main. Brandi se trouvait à ses
côtés. Elle portait un tee-shirt arborant une
photographie d'elle-même, imprimée par
ordinateur. Tom ne s'attendait pas à un rendez-vous à trois. Il lui fallut bien du courage
pour sourire en s'assoyant près d'eux.

— Allô, Brandi. Ça va?

— Ça va. C'était quoi, ces sirènes?

Tom entreprit son explication, mais il sentit
bien vite que Brandi ne s'y intéressait pas vraiment. De plus, il savait que Gérald guettait la
première occasion de se moquer de lui. Il
coupa court en sentant sa mauvaise humeur
s'accroître.

— Vous avez fait une grave erreur,
annonça Brandi. Comment avez-vous pu être
aussi idiots?

— Tu ne fais jamais d'erreurs, toi? Vraiment jamais?

Elle secoua la tête.

— Aucun kidnappeur ne pourra jamais
m'enlever, ajouta-t-elle. Je suis trop futée!

Tant d'arrogance fit monter d'un autre cran
la colère de Tom. En son for intérieur, il
souhaita qu'un bandit lui prouve le contraire
en la kidnappant. Mais il se rendit vite compte
qu'il devenait aussi enfantin qu'elle. Il man-

gea son hot-dog en silence. Il se demandait bien pourquoi il avait désiré ce rendez-vous.

Quelques gars firent alors une entrée bruyante dans le restaurant. Tom les reconnut. Il s'agissait des joueurs du Nelson qui avaient perdu, hier, aux mains du Tumbler Ridge. La plupart connaissaient Brandi et bientôt l'endroit fut envahi par toute une bande de jeunes qui parlaient et riaient tout en engloutissant une quantité phénoménale de nourriture.

Le coût du «festin» fut partagé entre le gérant du club, un certain George Harsbarger, et l'entraîneur, Kendall Steele, qui était arrivé un peu plus tard. Personne ne semblait regretter la défaite de la veille et tous parlaient avec éloge de Simon, qui pourtant les avait fait perdre.

— Un de mes amis est éclaireur pour les Canadiens de Montréal, annonça Kendall Steele. Je vais lui demander d'observer le jeu de Simon. D'après moi, il est prêt pour la Ligue nationale.

— C'est exactement ce que je lui ai dit, intervint Tom. Il parlait d'abandonner le hockey, juste parce qu'il trouve son entraîneur bizarre.

Kendall Steele s'alluma une cigarette. À la lueur du briquet, son visage était beau, avec des yeux bleu pâle, un nez droit et une moustache soigneusement taillée.

— Les entraîneurs comme Burton Donco m'inquiètent. Ils donnent mauvaise réputation au hockey et ils sont de mauvais exemples pour les jeunes joueurs.

De son côté, George Harsbarger, qui conversait avec Brandi, se tourna en direction de Tom.

— Brandi m'apprend que toi et Simon avez été attaqués ce matin. Heureux de voir que vous vous en êtes bien tirés. C'est terrible, ce qui arrive. On se sent incapables d'arrêter ça.

— Laisse la police s'en occuper, intervint Kendall Steele d'une voix nettement intéressée.

— Mais j'ai des enfants, Kendall. Quand ils me demandent s'ils peuvent aller jouer avec leurs amis, j'ai peur de les laisser sortir de la maison. Toi, tu n'as pas de famille. Tu ne peux pas comprendre.

— Moi, intervint Brandi, mes frères passent l'été dans une colonie de vacances. Comme ça, ils sont en sécurité.

— J'ai même écrit à la police pour leur offrir mon aide, poursuivit George Harsbarger, et ils ont refusé.

Le juke-box jouait, mais ne semblait pas atténuer la tension qui flottait maintenant dans l'air. Les joueurs, devant la mine inquiète de leur gérant, étaient devenus silencieux.

— George, au lieu de broyer du noir, intervint Kendall Steele, tu devrais penser «spéléologie».

— Spéléologie! s'exclama Tom. Qu'est-ce que c'est?

— C'est l'étude des cavités naturelles du sous-sol. Ou, si tu veux, l'exploration des grottes et des cavernes. C'est notre hobby commun, à George et à moi.

— Il y a des cavernes autour d'ici?

— Tu n'as jamais entendu parler des cavernes de Cody? Dans deux jours, on part en expédition. Tu peux te joindre à nous si tu veux.

— Oh oui! Je n'ai jamais pénétré dans une caverne.

— C'est une expérience inoubliable. Tu verras, conclut Kendall Steele.

Il avait raison. Tom n'allait jamais oublier ce qui l'attendait dans les cavernes de Cody.

Savez-vous qu'un homme est coincé là-dedans?

Au volant de son minibus, Tattoo indiquait un barrage érigé sur la rivière Kootenay. Des eaux blanches et tumultueuses s'échappaient du déversoir et de gros fils transportaient au loin l'électricité produite par la centrale.

— On raconte qu'un homme est tombé dans le ciment de ce barrage lors de sa construction, continua Tattoo. Quand la nuit est calme et que la lune brille, on peut entendre le son de son marteau. Il cherche à se sortir de là.

— Belle légende, Tattoo, commenta Maestro. Je vais t'engager comme guide quand j'ouvrirai cet endroit aux touristes. *Maestro présente... le fantôme du barrage!* Je vois déjà la scène.

Et pendant que Maestro fermait les yeux pour rêver, Tattoo quitta la route principale pour se diriger vers le nord, dans la vallée Slocan. Tout le groupe du Shirleen's Place s'approchait maintenant des villages fantômes disséminés dans les montagnes environnantes. Super Granny était certes la plus excitée.

— Vous ne pouvez imaginer le nombre d'histoires que je pourrais vous raconter! expliqua-t-elle, le regard brillant. Quand les premiers gisements d'argent furent découverts, des prospecteurs de tous les coins du monde envahirent les environs. Chercheurs d'or, hors-la-loi, trappeurs, ex-bagnards... c'était pas triste, quoi! À Sandon seulement, vingt-quatre hôtels et vingt-trois saloons... C'était fou, c'était sauvage! Les officiers de police ne pouvaient dormir que le jour et bien des hommes peu recommandables furent pendus pour leurs crimes.

Tom jeta un regard vers la rivière dont l'eau s'écoulait gracieusement. Le soleil matinal illuminait les arbres sur ses rives. Les gouttes de rosée accrochées aux herbes longues brillaient comme des diamants. Vertigineuses, les montagnes étaient d'un vert profond et magnifique.

— Exécuter des criminels dans un endroit aussi calme... C'est curieux.

— Les habitants de Nelson assistaient souvent à des exécutions publiques dans la cour de la prison provinciale. Des condamnés réparaient les rues. Ils portaient tous des chaînes aux pieds... même les femmes. Ça, c'était la belle époque!

— Ils y allaient un peu fort, fit remarquer Brandi.

— Oui, mais ça marchait. Quand j'étais jeune, les enfants étaient en sécurité. Aucun enlèvement et... jamais de strangulation dans la forêt.

Tom frissonna au souvenir de l'attaque

dont Simon avait été victime. Heureusement, son ami avait quitté l'hôpital et il était prêt à reprendre le jeu avec son équipe de hockey.

— Les journalistes sportifs semblent dire que Simon a de bonnes chances de remporter le titre du joueur le plus utile à son équipe.

— Il est vraiment si bon? s'enquit Tattoo.

— Tu parles! Viens au match, ce soir... Tu vas voir.

— Oui, oui, grogna l'homme.

Tattoo ne semblait guère de bonne humeur. Visiblement, il ne s'était pas rasé ce matin-là... ni le précédent. De plus, il avait les yeux rouges et cernés. Ses cheveux n'avaient pas rencontré un peigne depuis des jours. À l'arrière de son tee-shirt, on pouvait lire *Relax!*, mais le mot ne reflétait aucunement son état d'âme. En un mot, Tattoo avait les nerfs à vif.

— Simon va sûrement devenir un joueur professionnel, insista Tom. Kendall Steele va s'arranger pour qu'il soit repéré par une équipe de la Ligue nationale.

— Si tu veux, Tom, maugréa Tattoo, on va arrêter de parler hockey.

— Je m'excuse, murmura Tom, qui sentit ses oreilles rougir. Je croyais que vous vous intéressiez à Simon.

— Eh bien, tu avais tort!

Tom faillit encore s'excuser, mais il dirigea plutôt son attention sur la route sinueuse où alternaient les zones ensoleillées et ombragées. Droit devant, un arbre aux feuilles illuminées par la lumière dorée du matin tranchait sur l'ombre d'une montagne.

— Approchons-nous de ces fameux villages fantômes?

— Ce ne sera plus très long, annonça Super Granny.

— Qui étaient ces gens que l'on pendait?

— Bobby Sproule fut un de ceux-là. Ce prospecteur avait découvert un important gisement d'argent, mais en perdit la propriété lors d'un procès contre Thomas Hammill. Le jour de la remise des titres de propriété, Sproule tua Hammill et s'enfuit en direction de la frontière américaine. Il fut capturé avant d'y arriver.

— Les Américains étaient-ils nombreux à venir s'installer par ici?

— Tu parles! Pendant un certain temps, le bureau de poste ne vendait que des timbres américains. Les hôtels de Sandon portaient des noms comme Le Denver ou Le Virginia. Mais quand le prix de l'argent s'effondra, cinq banques fermèrent. La plupart des mineurs retournèrent chez eux et les villes moururent. Triste période!

— Que reste-t-il de ces villes?

— Pour moi, que des souvenirs. Mais pour toi, de vieilles constructions à explorer. Tu y découvriras peut-être quelques pièces de monnaie ancienne, de vieilles boîtes à tabac, des jetons de poker en ivoire, de la machinerie toute rouillée qu'utilisaient les mineurs, les restes d'un réseau de chemin de fer ou encore des cimetières aux pierres tombales si usées par le temps qu'elles sont illisibles.

Maestro sourit.

— Quelle poésie, chère Euphémie! Je t'engage pour écrire mes dépliants publicitaires.

— Jamais! Je ne supporterai jamais l'idée de touristes envahissant Sandon avec leur Winnebago et leur Hibachi. Laissez donc le passé dormir en paix!

— Mais s'il y a de l'argent à faire...

Le regard de Tom fut alors frappé par le soleil qui se reflétait sur le toit métallique d'une grange près d'une rivière. Une grande partie de la vallée avait été dépouillée de ses arbres et la rivière aux eaux vertes serpentait entre de paisibles hameaux. Tom remarqua même un autobus scolaire stationné à côté d'une ferme. Un troupeau de vaches broutait sur la rive, leurs têtes blanches enfoncées dans les hautes herbes.

— La belle vie! prononça Tom. Tu dois adorer ça, Tattoo...

— Ouais, ça va.

— Tu as grandi dans les Kootenays?

— Non.

Shirleen sourit en direction de Tom.

— Tu sais, quand Tattoo n'est pas de bonne humeur, rien à faire pour lui remonter le moral. Mais j'apprécie tes efforts. Pour répondre à ta question, disons que Tattoo est arrivé ici il y a un an.

— Seulement un an? Mais il semble tout connaître de ce pays.

— Il aime l'histoire. Il a toujours le nez plongé dans un livre.

— Arrête de parler de moi, interrompit Tattoo en secouant sa chevelure en broussaille. J'aime pas ça.

— Quel tempérament! se moqua Brandi.

— Toi, tu es mieux de la boucler, fillette. Tu me tombes sur les nerfs depuis quelques jours.

— Ne me parle pas comme ça. Tu n'es pas mon père.

— Si je l'étais, je t'apprendrais les bonnes manières.

Shirleen voulut intervenir, mais Brandi fut plus rapide.

— Attention à tes paroles ou je demande à ma mère de te mettre à la porte... et tu peux être sûr qu'elle le fera.

— Peut-être que ce serait à toi de prendre la porte. Ton attitude me rend malade.

— C'est ma maison!

— Ah oui?...

Heureusement, cette dispute fut interrompue par un arrêt forcé. Une filée de voitures était immobilisée sur la route, derrière une auto-patrouille aux gyrophares tournoyants. Des policiers se penchaient pour questionner les automobilistes.

— Encore un barrage! lança Tattoo. Ça devient ridicule!

Brandi se pencha vers lui et, le regard toujours furieux, demanda :

— Mais qu'est-ce qui t'arrive ? Tu ne veux pas qu'ils arrêtent le kidnappeur ?

— Ces flics sont en train de gâcher toute ma journée.

— Engueule-les donc ! Comme ça, tu te retrouveras en prison et nous, on sera bien débarrassés.

— Ferme-la ! gronda Tattoo.

Les interrogatoires sur la route se déroulaient lentement et la filée ne progressait pas vite. Dans le champ d'à côté, le pelage de quelques jeunes chevaux miroitait dans le soleil qui montait. Soudain, une des bêtes détala en direction de la rivière. Immédiatement, les autres l'imitèrent. Leurs sabots piétinaient le sol, leurs crinières flottaient au vent et leurs queues se soulevaient dans la joie du moment. Puis, aussi vite qu'il avait commencé, cet étrange et élégant ballet cessa et les chevaux revinrent, apaisés, vers leur pâturage.

— Hé ! lança soudain Tom. Regardez-moi cette voiture... et voyez qui en est le propriétaire !

Immobilisée du côté opposé de la route, une Cadillac blanche à la carrosserie surbaissée et aux chromes aveuglants arborait une plaque où l'on pouvait lire *TOO COOL*. Debout à côté du coffre ouvert, Burton Donco discutait avec un policier.

— C'est l'entraîneur de Simon, annonça

Tom. Vulgaire comme pas un, paraît-il.

Tattoo était en train de répondre aux questions d'un policier, mais Tom continuait à observer Burton Donco. Sur sa figure ronde et rouge se lisait une certaine inquiétude. Le policier tenait une clé anglaise trouvée dans le coffre de la Cadillac. Finalement, avec beaucoup de réticence, Burton Donco sortit son portefeuille et le tendit à l'officier.

— Il voyage seul, remarqua Tom pendant que Tattoo embrayait et traversait le barrage policier. Je me demande ce qui se passe.

Aucune réponse ne lui vint à l'esprit et Burton Donco disparut bien vite de ses préoccupations lorsque le minibus se mit à grimper sur les flancs rocheux d'une montagne surplombant un lac limpide. La scène était magnifique, mais elle provoquait le vertige, particulièrement lorsque la route se limitait à une seule voie taillée à coups d'explosifs dans la falaise. Lorsque le minibus devait contourner à l'aveugle une courbe prononcée, Tattoo lui-même semblait inquiet au-dessus du vide qui s'ouvrait à côté de lui.

— Nous y sommes! prononça Tattoo avec soulagement lorsque la route redevint normale.

— Quel cauchemar! dit Tom en secouant la tête. Je me demande comment la Cadillac de Burton Donco a pu négocier ces courbes-là.

— Voilà le lac Slocan! annonça Super Granny en indiquant des eaux azurées, plus bas.

Peu de temps après, ils entrèrent dans New Denver. Super Granny expliqua qu'à une certaine époque, douze mille mineurs menaient ici une existence fébrile. Pour le moment, les seules créatures vivantes à se promener dans la rue principale ensoleillée étaient deux chiens maigres qui longeaient les hautes façades en bois.

Finalement, le groupe entra dans un café. Le plafond était très bas, l'endroit très sombre. Dans un coin de la pièce, le moteur d'un frigo pour boissons gazeuses ronronnait. Brandi posa sa main sur le bras de Tom, qui se dirigeait vers une table.

— Moi, je déteste me sentir comme une étrangère. Tous ces gens qui nous regardent...

— Tu as raison. Et je gage que le propriétaire va nous crier : « Salut, les touristes ! »

Mais l'homme fut accueillant et la nourriture correcte. Tom se commanda un *Heritage Dog*, servi sur pain de blé entier et couvert de fromage fondant, d'une tranche de bacon et d'une rondelle d'oignon. Mâchant avec ardeur, il observa les autres clients.

— Ces hommes ressemblent à des prospecteurs avec leurs grosses barbes. Dommage que la Ruée vers l'argent soit terminée.

— Quelques-uns s'enrichissent encore, expliqua Shirleen. Quatre hommes viennent tout juste de découvrir un superbe morceau de galène contenant de l'argent. Sa valeur a été estimée à cinq mille dollars. S'ils arrivent à repérer le filon d'origine, ils seront vite millionnaires.

— J'aimerais bien visiter une ancienne mine.

— Dans la montagne, il y en a plusieurs, mais elles sont toutes très dangereuses. Des roches ou des poutres pourraient te tomber sur la tête.

— Aucun danger pour Biondi, annonça Gérald en cognant sur la tête de Tom. Ce crâne est dur comme du marbre.

En riant, Maestro se commanda un café. Vivement, Tom retira de sa poche un carré de sucre qu'il avait acheté dans une boutique de farces et attrapes. Quand le café arriva, il détourna l'attention de Maestro et laissa tomber le carré dans sa tasse.

— Qu'y a-t-il d'intéressant à voir à Sandon? demanda-t-il à Super Granny.

— Une inondation a balayé la ville en 1955 et l'a transformée en un amas de vieux morceaux de bois. Seules quelques rares constructions tiennent encore debout. L'une d'elles...

— Ouach! lâcha Maestro, les yeux rivés sur son café.

À la surface flottait un ver de terre gluant et horrible. Avant que les autres s'approchent pour voir, Tom attrapa la bestiole avec une cuiller et la plaça sur l'assiette de Gérald.

— Un ver en plastique! Logan, tu veux jouer au comique?

— Qu'est-ce que tu dis?

— C'est pas très brillant de mettre des carrés de sucre truqués dans le café de son oncle.

— Mais ce n'est pas moi qui...

— Gérald, je vais te régler ton compte une autre fois, lança Maestro.

À la sortie de table, Gérald leva le poing en direction de Tom.

— J'aurai ma revanche, Biondi... et elle sera salée.

— Je tremble dans mes culottes.

🔥 🔥 🔥

De New Denver, le groupe se dirigea vers les montagnes et s'engagea sur une haute route de terre en direction de Sandon. Juste avant d'entrer dans la ville fantôme, Super Granny montra une ancienne voie ferrée qui serpentait dans la falaise.

— C'est différent de ce que j'avais imaginé, annonça Tom en apercevant quelques vieux bâtiments près d'un cours d'eau. Je m'attendais à voir un beau saloon, des promenades en bois avec des vieux cow-boys ou bien une prison criblée de balles.

Alors que le groupe descendait du minibus pour mieux observer l'endroit, Maestro sortit son carnet de notes et se mit à écrire en lançant:

— Bravo, Tom, tu as de bonnes idées! Quand je mettrai la main sur ce village de Sandon, j'engagerai des décorateurs pour créer toute cette ambiance. Il y aura même une scène de duel au pistolet... Tous les jours, à midi.

— Allons, Tom, utilise ton imagination, intervint Super Granny. Cet édifice, devant la rivière, s'appelait Le Virginia : c'était l'hôtel le plus luxueux de Sandon. Le hall d'entrée était agrémenté de superbes fleurs et de crachoirs en cuivre que l'on polissait quotidiennement. Au deuxième, les clients dormaient sur des matelas de plumes et utilisaient des pots de chambre en porcelaine importés d'Angleterre.

— Des pots de chambre !

— Il n'y avait pas de toilettes à l'intérieur. La nuit, il fallait utiliser un pot de chambre, que l'on cachait sous le lit.

— Dégueulasse, dit Brandi en rigolant. Et les toilettes extérieures, en hiver, c'était comment ?

— L'enfer ! La neige s'y infiltrait et les sièges étaient couverts de givre.

— Aïe !

— De terribles tragédies survenaient parfois, Brandi, ajouta Super Granny en portant son regard vers les montagnes environnantes. Toutes les mines se trouvaient dans des endroits vertigineux, au bout de sentiers trop étroits. L'hiver, la neige était sans pitié pour les braves qui s'aventuraient hors sentier pour venir s'amuser à Sandon. La veille de Noël 1927, cinq hommes furent ensevelis par une avalanche... Et ils ne furent pas les seules victimes. Les explosions dans les mines tuaient parfois de très vaillants travailleurs.

— Comment transportaient-ils le minerai?

— Sur des traîneaux tirés par des chevaux. Quand la neige devenait trop épaisse, on chaussait les animaux de raquettes spéciales et ainsi on pouvait continuer à travailler. Et pourtant la plupart des mineurs terminèrent leur carrière sans un sou.

— Ils n'étaient pas payés?

— Si, mais quand ils descendaient à Sandon, ils flambaient toute leur paie au poker. Les meilleurs joueurs devaient s'appuyer au mur pour ne pas se faire tirer dans le dos. À la messe du dimanche, ils donnaient des jetons de poker comme offrandes.

— Ce n'était pas très généreux.

— Le curé allait ensuite monnayer les jetons à l'hôtel.

Super Granny s'interrompit en apercevant Tattoo près de son minibus.

— Allons-y, les enfants. Je crois qu'il s'impatiente. Et merci... Ça me rajeunit de raconter mon passé comme ça.

Brandi serra le corps frêle de Super Granny.

— Je vous adore, dit-elle tendrement.

Le klaxon du minibus retentit.

— Allons, cria Tattoo, il faut y aller. Nous cuisons sur place.

Ils se retrouvèrent bientôt sur la Route nationale, au creux d'un petit canyon dont les flancs abrupts les protégeaient du soleil de l'après-midi.

— Il n'y a eu aucune demande de rançon, dit Shirleen qui avait ramené le kidnappeur au cœur de la conversation. Inquiète, elle poursuivit: Les familles de ces enfants disparus doivent vivre un cauchemar. J'ai appris qu'un psychologue est venu de Los Angeles afin de se joindre aux enquêteurs. J'espère que tout cela va se terminer bientôt....

— Et espérons que la fin sera heureuse, ajouta Brandi. Ça me rassure de savoir mes frères en sécurité dans une colonie de vacances.

— Toi, par contre, intervint Shirleen, tu n'es pas à l'abri.

— Voyons, maman, tu n'arrêteras donc jamais de t'inquiéter inutilement. Je suis capable de me défendre, tu le sais bien.

Tattoo observait Brandi dans le rétroviseur. Il ne prononça pas un mot en scrutant son beau visage. Enfin, il se contenta de secouer la tête.

Un peu plus tard, il immobilisait le minibus près d'un vallon où quelques maisons de mineurs avaient été à demi submergées par un étang à castors. Le bois gris des murs et les toits rouillés donnaient une si forte impression de solitude et d'abandon que Tom en eut des frissons.

Tous descendirent du minibus afin de se dégourdir de nouveau. Seul Tattoo demeura assis derrière le volant, les yeux rivés sur Brandi. Tom observa le barrage des castors. Il fit ricocher quelques cailloux plats sur la surface du bassin que le barrage avait formé. Ensuite, il se retourna vers Shirleen, qui prenait une photo de Brandi et de Super Granny devant les maisons en ruine.

— Je sais que vous m'avez dit qu'un chemin de fer passait dans les environs, dit Tom à Super Granny, mais je n'arrive pas à imaginer qu'un train de marchandises ait déjà sifflé dans cette vallée abandonnée.

— Toute une épopée! Ils avaient commencé à construire le Kaslo-Slocan ici afin de devancer le Canadien Pacifique. Cela aurait été la première ligne de chemin de fer à se rendre à Sandon... et les propriétaires auraient obtenu le monopole sur le transport du minerai. Mais le CPR est arrivé le premier. Cependant, les propriétaires du K-S ont obtenu leur revanche. Au beau milieu de la nuit, ils ont placé un câble autour de la gare du CPR, l'ont attaché à une locomotive et ont tiré l'édifice jusque dans la rivière. Les gars du CPR étaient fous de rage.

🔥 🔥 🔥

Alors qu'ils poursuivaient leur chemin vers l'est, Tom chercha à repérer les dernières traces de ce fameux chemin de fer. Finalement, ce ne fut qu'en entrant dans une autre ville fantôme qu'il put apercevoir quelques morceaux de bois ayant autrefois servi de traverses.

Là encore, il y avait beaucoup à voir : entre autres, un toit directement appuyé sur les fondations d'une maison.

— Les termites ont sans doute dévoré les murs, supposa-t-il. Et regardez-moi l'escalier au milieu de ce vieil hôtel. Il ne mène nulle part. Le vent aurait-il soufflé tout l'étage ?

— Non, c'est le vieux Chester qui a utilisé le bois pour entretenir le feu de son foyer, répondit Tattoo qui freina en soulevant un nuage de poussière.

— Qui est ce vieux Chester ?

— Il a demeuré ici, à Retallack, bien après la fermeture de la mine en 1952. Tous les autres ont quitté les lieux et les ours se sont mis à rôder dans les environs. Mais le vieux Chester refusait de croire que sa ville était morte. On dit que son esprit hante encore cet endroit.

— On va l'explorer ! Moi, je trouve ça excitant.

Tom bondit hors du véhicule et se retrouva debout sous un soleil brûlant. Il s'approcha des restes d'une vieille camionnette. Le pare-brise était sillonné de fines craquelures formant une sorte de grande toile d'araignée. Le capot était ouvert, révélant l'absence du moteur. Les phares avant, éclatés, pendaient lamentablement au bout de leurs fils. L'extrémité des essieux rouillés était garnie de lambeaux de pneus.

Près du camion s'élevait une maison dont

les fenêtres fracassées formaient des rectangles noirs dans les murs délavés par les intempéries. Le toit en tôle était couvert de rouille. Soudain, une hirondelle jaillit d'une fenêtre et Tom saisit le bras de Tattoo.

— Regarde! Quelqu'un se cache là-dedans!

Toutes les têtes se tournèrent en direction de la vieille maison et chacun s'efforça de scruter le noir des fenêtres. Une autre hirondelle s'élança dans le soleil et Tattoo sourit.

— Ce n'est qu'un vieux rideau qui s'est agité à la sortie des oiseaux. Bravo, Tom. Tu m'as eu.

Tom esquissa un sourire, tentant de laisser croire qu'il n'avait pas eu peur.

— Que dirais-tu, Logan, de revenir pendant la nuit afin de pourchasser le fantôme du vieux Chester?

— Oublie ça, veux-tu!

Évidemment, Maestro avait sorti son carnet de notes.

— Regardez-moi cette vieille maison en bois rond. On pourrait refaire le toit, ouvrir une salle à manger et servir des crêpes pour fins gourmets. Non. J'ai une bien meilleure idée. Observez la beauté du site: cette maison construite près d'une superbe rivière est encadrée d'arbres magnifiques.

— Je pense que je vais la photographier, approuva Shirleen en retournant vers le minibus.

— Mon amie, vous m'enlevez les mots de la

bouche, s'enthousiasma Maestro. Ce que je propose, c'est de créer un safari-photo au cours duquel les touristes pourraient photographier tous les lieux typiques de la Silvery Slocan.

— J'ai oublié ma caméra à Zincton! lança tout à coup Shirleen, près du minibus, la mine déconfite. J'ai dû la laisser sur une souche.

Tattoo était très contrarié.

— Et maintenant, j'imagine qu'il nous faut retourner là-bas? Bravo, Shirleen!

— Je vais te rembourser l'essence.

— Laisse faire! Mais la prochaine fois, sers-toi de ta tête!

Alors que tout le monde se dirigeait vers le minibus, Tom jeta un regard désolé sur toutes ces maisons abandonnées qu'il aurait bien voulu explorer.

— Je peux rester ici? demanda-t-il enfin. Je vais me promener dans les environs en vous attendant.

— Comme tu voudras, grogna Tattoo en faisant démarrer le minibus.

— Je reste aussi, lança Gérald, qui se sentait un peu jaloux de Tom.

— Mais pourquoi? demanda Tom. Retallack ne t'intéresse pas.

— Comment peux-tu savoir, Biondi? Tous les deux, on pourrait faire connaissance avec le fantôme du vieux Chester.

Tom se renfrogna, mais envoya tout de même la main en direction du minibus qui s'éloignait. Ensuite, il s'approcha d'anciennes machines qui l'intriguaient. Toutes n'étaient plus qu'amas de ferrailles inutilisables. À côté, des rails tordus étaient empilés.

— Je me demande si tout ça a vraiment servi.

Gérald, comme toujours, ne montrait aucun intérêt.

Souhaitant se retrouver seul, Tom se dirigea vers une baraque où des convoyeurs pleins de roche concassée avaient été abandonnés. À l'intérieur, le plancher pourri était plein de trous et le vent s'immisçait par les fentes des murs. Par la fenêtre, Tom pouvait voir et entendre le triste bruissement des feuilles d'un peuplier.

— Quel endroit lugubre! J'espère que Tattoo reviendra vite.

— Tu es sûr qu'il va revenir? demanda Gérald.

— Que veux-tu dire?

— Tattoo et Shirleen ont peut-être inventé le coup de la caméra oubliée afin de voler Maestro et de s'enfuir aux États-Unis avec son argent.

— Tu parles d'une histoire idiote, dit Tom.

— On peut vraiment faire confiance à ce Tattoo? On le connaît à peine et là, il vient de nous abandonner dans la nature. S'il ne revient pas, comment on va retourner chez nous, hein? Il va faire noir bientôt et les ours vont descendre des montagnes... sans parler du fantôme du vieux Chester.

— Je ne crois pas aux fantômes, rétorqua Tom qui, pourtant, entretenait secrètement quelques doutes.

Brusquement, un frisson le fit trembler. Il retourna dehors, sous le soleil. Les montagnes avaient perdu leur aspect rassurant. Son regard se porta instinctivement vers la fenêtre noire où il avait vu une forme bouger. Était-ce vraiment un rideau qui avait oscillé, comme Tattoo l'avait affirmé? Avait-il menti? Quelqu'un, caché dans l'ombre, l'observait peut-être depuis cette vieille maison. Et l'attendait...

Tom tourna le dos à cette inquiétante demeure et s'éloigna en s'efforçant de siffler d'un air nonchalant. Il n'allait pas gâcher sa journée pour pareil enfantillage. Il s'avança vers une autre construction qui lui semblait digne d'intérêt. Les murs étaient noircis par le temps. Un trou dans le toit indiquait l'emplacement d'une cheminée aujourd'hui disparue.

Par l'ouverture, qui avait autrefois servi de porte d'entrée, Tom aperçut l'épave d'un poêle à bois. Sur le plancher, le linoléum était soulevé par endroits. Des jeans sales pendaient, accrochés à un clou fixé au mur.

Pendant que Tom rassemblait son courage pour entrer dans la maison, quelques hirondelles effarouchées abandonnèrent leurs nids accrochés aux murs et lui frôlèrent la tête en piaillant de peur. Quelque chose bougea soudain au-delà de la porte et une forme poilue et ailée s'échappa par une fente dans le mur.

Une chauve-souris! Pendant quelques secondes, elle tournoya autour de Tom. Enfin, elle retourna s'accrocher à une corniche. La tête en bas et les pattes largement ouvertes, l'animal, telle une araignée géante, semblait guetter le garçon.

— Qu'en penses-tu, Logan? prononça Tom en reculant.

Mais il ne reçut aucune réponse. Se tournant, Tom ne découvrit que le vide. Gérald avait disparu.

Soupçonnant un tour, Tom se dirigea prudemment vers la baraque la plus proche, où Gérald avait dû se cacher. Soudain, une porte claqua. SLAM! Tom sursauta. Était-ce le vent?

— Ça va, Logan, tu as réussi à me rendre nerveux. Bravo!

Les feuilles bruissèrent autour de lui et Tom se souvint du «crâne» aperçu dans la forêt où cet homme avait voulu étrangler Simon. Quelle scène terrifiante!

— Laisse tomber, Logan, cria Tom. Tu m'as foutu la trouille. Hourra! Tu veux une médaille... un trophée? Allez! sors de ta cachette! On ne devrait pas être séparés dans un tel endroit. Tu oublies que le kidnappeur est encore en liberté.

Les paroles de Tom se répercutèrent sur les flancs des montagnes environnantes et rebondirent, comme pour se moquer de sa peur.

Le silence total qui suivit laissait présager le

pire. Non, Gérald ne lui jouait pas de tour. Plus rien ne bougeait et pas le moindre signe du retour du minibus. Et si Gérald avait vraiment été enlevé?... Dans ce cas, il risquait de mourir bien avant que des secours arrivent.

Tom devait retrouver Gérald et le libérer ou, au moins, signaler à quelqu'un sa disparition. Pas de temps à perdre. Tom devait trouver le courage de pénétrer dans cette première maison.

Il s'agissait probablement d'un dortoir pour les mineurs, car la bâtisse était plus grande que les autres. Une odeur fétide fit tressaillir les narines de Tom. Sous ses pas, un morceau de verre éclata.

À la fenêtre de la première chambre était accrochée une moustiquaire déchirée. Sur une table en bois gisait une ancienne machine à écrire dont les touches avaient été écrasées, comme si on leur avait asséné un formidable coup de masse.

Tout à coup, Tom fit brusquement demi-tour, certain qu'on avait tenté de lui toucher la gorge. Personne. Rien ne bougeait. De l'air frais s'insinua sous ses vêtements, le faisant frissonner de nouveau. Il se dirigea vers une deuxième chambre. Là, un trou énorme s'ouvrait dans le mur extérieur, comme si une bombe avait explosé. Le vent passait entre les morceaux de bois qui pendaient dans l'ouverture...

SLAM!

Le bruit, venu de l'étage, avait été si subit que le cœur de Tom avait fait un bond. Il leva la tête et scruta le plafond, l'oreille attentive à tout bruit de pas. Seuls se firent entendre des plaintes et des craquements. Cette construction refusait de livrer ses secrets.

Le cœur battant, Tom s'approcha de l'escalier. S'immobilisant, il se remit à l'écoute des bruits suspects, conscient que, s'il n'avançait pas, la terreur aurait raison de lui.

Plus haut, l'escalier s'enfonçait dans le noir et il était impossible d'en voir l'extrémité. Tom se mit à gravir lentement les marches, une à une, le regard rivé sur les ombres qui s'éclairaient peu à peu.

L'escalier déboucha finalement sur un long couloir avec une série de portes de chaque côté; certaines étaient fermées, d'autres ouvertes. Un matelas éventré par des souris qui y avaient installé leur nid meublait la première chambre. Dans une autre, une carcasse de ressorts était appuyée contre le mur, où des marques de rouille évoquaient des coulées de sang...

Gérald serait-il mort?

L'horreur envahit Tom. Il se retourna et se mit à courir, la peur au ventre. Sa bouche était sèche. Tout son être ne cherchait qu'à trouver un endroit sûr. Il atteignit l'escalier, qu'il dévala sans se soucier du bruit qu'il provoquait. Il fonça vers la sortie et plongea dans la lumière extérieure.

Il se sentit immédiatement délivré, mais il n'arrivait pas à détacher ses yeux de ce terrible édifice. Fuyant toujours, il se retournait de temps à autre afin de surveiller les fenêtres, d'où il s'attendait à voir surgir un démon qui le pourchasserait même sous le soleil... Le fantôme de Chester.

C'est alors qu'il fut empoigné par deux mains puissantes.

CHAPITRE 6

Tom poussa un cri. De toutes ses forces, il chercha à s'échapper de cette poigne de fer qui s'était abattue sur lui. Quand il leva les yeux vers l'homme qui le retenait ainsi, il eut un choc... C'était Tattoo!

— Du calme! Arrête de te débattre ainsi!

— Laisse-moi!

— Pas avant que tu te sois calmé! Qu'est-ce qui est arrivé dans cette maison? Tu es tout pâle. On jurerait que tu as rencontré un fantôme.

Mais Tom continuait à résister. Soudain, il se rendit compte qu'il n'avait pas le choix: il devait faire confiance à ce Tattoo.

— On a enlevé Gérald! Il faut le retrouver... tout de suite!

— Gérald? s'étonna Tattoo en libérant Tom.

Un sourire se dessina sur ses lèvres et il demanda:

— Qu'est-il arrivé? Raconte-moi.

Un peu troublé par ce sourire, Tom raconta vite son histoire. Avant même qu'il ait fini, Tattoo éclata de rire.

Le garçon n'y comprenait rien. Finalement, l'homme reprit son sérieux.

— Tu te rappelles le café à New Denver? Je t'ai vu mettre le carré de sucre truqué dans la tasse de Maestro et faire passer ça sur le dos de Gérald...

— Et alors?

— Eh bien, je pense que Gérald vient d'avoir sa revanche.

Se tournant d'un coup vers le vieux bâtiment, Tom aperçut Gérald appuyé dans l'embrasure de la porte d'entrée. Un sourire moqueur illuminait son visage.

— Tu t'entraînes pour les Olympiques, Biondi? Tu me sembles assez rapide pour remporter une médaille.

— C'est toi qui as fait claquer les portes!

— Non, c'est le fantôme de Chester.

La colère bouillonnait en Tom, qui se rappelait qu'il avait fait tout ça pour sauver Gérald. Il serra les poings, prêt à se bagarrer, mais il retourna plutôt vers le minibus.

🔥 🔥 🔥

Pendant tout le retour, il dut endurer les insinuations et les ricanements de chacun, appréciant que Brandi fût la seule à ne pas profiter de la situation. En fait, elle traita même Gérald de pauvre ignorant, ce qui réjouit Tom pendant une petite minute. Mais il sombra bien vite dans l'amertume, prévoyant que cette histoire allait faire le tour de l'école Queenston, quand lui et Gérald retourneraient chez eux, à Winnipeg.

🔥 🔥 🔥

Heureusement, le lendemain, Gérald refusa de les accompagner dans l'expédition aux cavernes de Cody.

Sous un ciel superbe, un convoi de véhicules tout terrain se dirigeait vers le nord. De l'autre côté du lac Kootenay s'étendait la chaîne de montagnes Purcell, dont les sommets se perdaient au loin. La forêt y était épaisse, entrecoupée parfois de villages minuscules qui semblaient s'être épanouis comme des fleurs au milieu de ces vastes étendues sauvages.

Tattoo, Tom et George Harsbarger avaient pris place dans le tout terrain que conduisait Kendall Steele.

— Voilà Ainsworth, annonça ce dernier. Au retour, on va s'arrêter ici pour se baigner dans les eaux thermales... Et voici le Silver Ledge, ajouta-t-il en indiquant un hôtel parfaitement conservé, avec ses balcons en bois à tous les étages. C'est devenu un musée. Pendant une quinzaine d'années, cet hôtel a été abandonné et aucune fenêtre n'a été brisée malgré la présence de meubles antiques d'une grande valeur. Le piano droit, le bureau et la chaise pivotante, les fauteuils recouverts de cuir... tout a été sauvé.

— Un tel miracle n'arriverait jamais aujourd'hui, grogna George Harsbarger. Il y aurait longtemps que des jeunes seraient entrés par effraction et auraient dévalisé tout l'édifice.

— Pourquoi des jeunes? intervint Tattoo.

— Le vandalisme est partout, expliqua Harsbarger pendant qu'ils laissaient Ainsworth derrière eux. Mon magasin a été cambriolé trois fois.

— Oublie ça, George! suggéra Kendall Steele. Tu n'as pas d'assurances?

— Ça ne change rien.

S'engageant sur la Route nationale, Kendall Steele passa en grande vitesse et s'alluma une autre cigarette.

— Moi, mon garçon ne deviendra jamais un vandale. J'y vois personnellement.

George Harsbarger avait l'air surpris.

— Quel garçon?

— Hé! lança alors Tattoo, pourriez-vous ouvrir une fenêtre? Je ne fume pas et je suis en train d'étouffer.

Kendall Steele descendit une vitre et l'air frais de la montagne s'engouffra dans le véhicule.

Quittant la Route nationale, ils empruntèrent le chemin de terre abrupt qui menait aux cavernes de Cody. Les arbres frôlaient le véhicule; des filaments de mousse pendaient des branches, tels de longs cheveux verts. Tom se pencha vers l'avant, se demandant ce qui l'attendait au bout de ce chemin.

— J'ai hâte de voir ces cavernes. Je vais me sentir comme Tom Sawyer: des grottes, des bruits lugubres, des torches fumantes pour nous éclairer. Espérons qu'on ne s'égarera pas.

— Tu te fais des illusions à propos de ces cavernes, mon petit, fit remarquer George Harsbarger. J'espère que tu as les nerfs solides. La plupart des enfants n'arrivent pas à demeurer plus de cinq minutes dans les cavernes de Cody.

— Pourquoi? Elles sont dangereuses?

— Si tu te perds là-dedans, tu meurs d'hypothermie en deux heures.

— D'hypothermie?

— Une baisse anormale de la température du corps. Il fait froid, tu sais, dans ces cavernes, et l'humidité est à cent pour cent. D'abord, tes mains et tes pieds s'engourdissent, phénomène suivi d'un incontrôlable frisson. À la fin, tu perds la capacité de penser correctement. Une mort terrible... en deux heures exactement.

— Franchement, George, tu es d'humeur maussade, intervint Kendall Steele en riant. Personne n'est jamais mort dans les cavernes de Cody.

— Il y a toujours une première fois.

— Ne t'inquiète pas, Tom, tu vas adorer cette expérience. Nous allons bientôt quitter la réalité et pénétrer dans une zone d'obscurité perpétuelle. Pour pallier la perte de la vue, tes autres sens vont s'aiguiser. Ton odorat, ton toucher, ton ouïe deviendront extrêmement sensibles. Les odeurs, les textures, les sons te paraîtront plus intenses.

— On ne pourra rien voir?

— Il y aura une lampe sur le casque que tu vas porter. Mais n'oublie pas de l'éteindre au moins une fois afin d'expérimenter la perte totale de la vue.

Le tout terrain rugit quand Kendall Steele dut passer en petite vitesse pour éviter de se trouver embourbé dans une longue ornière. Les quatre gros pneus projetèrent de la boue vers l'arrière et le véhicule quitta le tunnel végétal dans lequel il évoluait depuis la grand-route.

Les arbres s'ouvrirent afin de dévoiler aux passagers un paysage grandiose. Un lac, plus bas, ressemblait à une petite mare d'eau bleue. Pendant quelques secondes, ils admirèrent ces montagnes aux sommets hachurés dont les neiges éternelles brillaient au soleil. Mais ils quittèrent bien vite ce magnifique belvédère, car la route contournait la falaise et s'enfonçait de nouveau dans la forêt épaisse. Tom s'agrippa à la banquette quand le tout terrain bondit par-dessus un fossé et atterrit avec un choc sourd de l'autre côté. Dans le véhicule, toutes sortes de vêtements furent éparpillés par terre : des survêtements de travail souillés, des jeans à mettre au rebut, des bottes de cow-boy et même un chapeau écrabouillé. Tout ce bazar allait et venait sur le plancher pendant que le tout terrain se frayait un chemin sur le flanc de la montagne.

— On est au beau milieu de nulle part, dit Tom. Comment ces cavernes ont-elles été découvertes ?

— Par Henry Cody, en 1886. Il avait quitté l'Île-du-Prince-Édouard pour venir s'installer ici. Un vrai colosse, mais très gentil.

— Et c'est probablement en faisant de la prospection qu'il a découvert ces cavernes. Mais cela devait aussi marquer le début de la fin des cavernes. En un seul siècle, les hommes ont réussi à détruire ce que la nature avait mis des millions d'années à réaliser. Leurs bottes cloutées ont souillé et marqué des sols autrefois d'une blancheur cristalline. Certains ont cassé des stalactites fistulaires pour les ramener en souvenir. D'autres ont gravé leurs noms sur les murs. Ignorance totale !

— Des stalactites fistulaires, qu'est-ce que c'est ?

— Ce sont des stalactites qui se constituent à partir de cristaux. L'eau qui suinte du plafond transporte du calcaire, qui s'accumule au rythme d'un centimètre cube par siècle. Une œuvre d'une lenteur incroyable, et tellement magnifique.

— C'est vrai, admit George Harsbarger. Mais la plupart des cavernes sont encore intactes.

S'immobilisant dans une éclaircie, le tout terrain fut rejoint par les autres véhicules. Kendall Steele et George Harsbarger supervisèrent les préparatifs, confiant à chaque membre de l'expédition un survêtement et un casque muni d'une lampe, reliée par un fil à une pile placée dans la poche du survêtement.

Les hommes semblaient parés contre toutes les éventualités. En plus de sifflets et d'allumettes placées dans des contenants étanches, ils emportaient de la nourriture supplémentaire, de puissantes lampes fonctionnant sous l'eau, ainsi qu'un thermomètre scellé.

— Vous vous préparez comme si le pire devait se produire? demanda Tom nerveusement.

— Je te conseille de te détendre, Tom, et de surmonter tes craintes, dit Kendall Steele en lui serrant les épaules de ses mains puissantes.

Ses yeux bleus étaient plongés dans ceux du garçon.

— Sous terre, poursuivit-il, un grand défi t'attend et il te faudra faire appel à toutes tes forces intérieures pour vaincre l'inconnu. Quand j'ai exploré les cavernes de Cody avec mon fils, j'ai compris qu'il devenait un homme. C'est ce qui t'attend aujourd'hui.

— Je vais faire de mon mieux, monsieur Steele.

— Tu es courageux, fit Kendall Steele. Il porta son attention sur Tattoo qui s'approchait vêtu de son survêtement. Prêt?

— Je suppose que oui, répondit Tattoo en soulevant son casque afin d'essuyer son front en sueur. Ma compagnie abattait des arbres quelque part sur cette montagne. N'y aurait-il pas des bâtiments miniers abandonnés dans les environs?

— Non, répondit sèchement Kendall Steele avant de donner le signal de départ.

Avec une certaine réticence, les «aventuriers» poursuivirent l'ascension en s'engageant dans un sentier étroit et abrupt. Les riches odeurs de la forêt y étaient douces. Les conifères firent émerger en Tom des images de Noël. Un ruisseau coulait non loin. Accompagnée du pépiement d'oiseaux farouches cachés dans les branches, l'expédition continua sa marche. Le sentier, d'humide et spongieux, devint progressivement rocailleux et parsemé de racines noueuses très glissantes sous les bottes.

— Nous y voilà! annonça enfin George Harsbarger en indiquant une ouverture étroite, à demi cachée par les broussailles.

Un des adolescents de l'expédition s'exclama:

— Tu parles d'un petit trou!

— Il te faudra être agile. Ton corps va devoir s'imposer toute une gymnastique aujourd'hui.

— Et si je vous attendais dehors?

— Ne dis pas de bêtises, répliqua George.

— Écoutez-moi bien, tout le monde, lança Kendall Steele. Dans les cavernes, nous devons toujours rester ensemble. Nous devons aussi éviter d'endommager les lieux. Si votre lampe s'éteint et que vous vous retrouvez seul, il y a un fort risque de vous égarer. Dans ce cas, ne bougez plus et attendez les secours... Maintenant, allumez vos lampes... et suivez-moi.

Il se tourna de côté, se pencha légèrement et se glissa dans l'ouverture, où il disparut aux yeux de tous. Tattoo le suivit avec difficulté. Enfin, ce fut au tour de Tom.

— Qu'est-ce qu'il fait noir, chuchota-t-il en posant le pied sur les rochers qui descendaient vers une première caverne. Le faisceau de lumière jaune issu de son casque balaya les murs et s'immobilisa sur une bosse brunâtre et grouillante.

— Hé! On dirait des milliers d'araignées prises ensemble.

— Ce sont effectivement des araignées. Elles hibernent. La lumière les dérange. Éloigne-toi.

L'air humide et frais transportait des effluves d'eau vaseuse. L'haleine condensée de Tom s'élevait par petits nuages dans la lumière de son casque. Le garçon suivit les autres jusque de l'autre côté de la caverne. Là, il s'accroupit et s'immisça dans une deuxième fente. Cet étroit tunnel l'obligea à ramper. Une intense impression de claustrophobie l'envahit aussitôt. À mi-chemin, il s'immobilisa afin de calmer sa respiration, puis se remit à progresser.

Le casque de Tom cognait parfois contre la roche et le bruit résonnait à ses oreilles. Lorsqu'il atteignit enfin l'extrémité du tunnel, il se mit debout. Déjà, il était couvert de boue et se demandait s'il allait un jour revoir le soleil.

— Comment ça va, Tattoo?

— Ça va, grogna-t-il en se relevant à son tour. J'ai failli resté coincé là-dedans. Quand est-ce qu'on retourne chez nous?

— Kendall Steele dit que tu vas découvrir tes forces intérieures.

— La seule force dont j'aurais besoin, ce serait celle de m'ouvrir une bonne bière.

L'expédition avait atteint un large corridor où se répercutait le son d'une source qui coulait en cascades un peu plus bas. Un des adolescents qui s'étaient engagés dans ce passage parvint de justesse à éviter la chute.

Tom demanda:

— Comment se sont formées toutes ces cavernes?

— Vous êtes entourés de calcaire, expliqua Kendall Steele. Il y a des dizaines de milliers d'années, l'eau a commencé à s'infiltrer dans les fissures de ces rochers et elle s'est mise à les gruger lentement. Ces premiers écoulements se sont lentement transformés en ruisseaux qui, en causant des effondrements, ont élargi les fissures. Ainsi, peu à peu, se sont formées les cavernes.

— Si vous écoutez attentivement, ajouta George Harsbarger, vous comprendrez que les cavernes continuent de se former. Chaque goutte d'eau qui tombe du plafond entraîne avec elle de minuscules fragments de calcaire, qui composent les stalactites et les stalagmites.

Il dirigea d'abord sa lampe vers ces structures, qui brillèrent à cause de la condensation. Ensuite, le faisceau s'immobilisa sur une grappe de stalactites fistulaires.

— Pensez à tout ce qui s'est déroulé dans le monde extérieur pendant que ces stalactites se formaient tranquillement, ici, à l'intérieur. Les guerres, les famines, la naissance et la mort de grandes civilisations... les pires calamités et les plus belles inventions... En somme, plusieurs millénaires d'histoire humaine ont passé. N'est-ce pas fascinant?

— Je vois que vous adorez cet endroit, intervint Tattoo, mais moi, j'avoue que j'ai la frousse.

— Mais pourquoi?

— L'air a un goût de saleté. Et je me sens comme dans un donjon. Je ne vais peut-être plus jamais respirer de l'air frais, ou voir la lumière du soleil. Ce n'est pas logique, mais je sens la peur m'envahir.

— Nous allons tous sortir d'ici sans problèmes.

— Et s'il se produisait un tremblement de terre et que l'entrée était bloquée par une avalanche de roches? On suffoquerait, exactement comme ces mineurs qui restaient autrefois coincés sous terre.

— Aucun danger, dit George Harsbarger, un peu impatient.

Il se retourna et conduisit le groupe vers le puits qui s'élevait obliquement au-dessus de leurs têtes. Pendant que le groupe escaladait laborieusement ce couloir grâce aux prises aménagées dans le roc, le clapotis du ruisseau devenait de plus en plus faible. Un des grimpeurs fit tomber une roche qui frôla la tête de Tom et alla éclater dix mètres plus bas. Sentant la sueur lui couler dans le dos, le garçon se rendit compte que son désir le plus grand était de sortir de ce trou et de ne plus jamais y revenir.

Parvenus dans un couloir moins abrupt, tous s'assirent pour prendre un peu de repos. Au-dessus de Tom, la paroi présentait d'étranges boursouflures qui reluisaient sous la lumière de son casque. En déplaçant le rayon lentement, il découvrit d'autres formes bizarres, sculptées dans la calcite au cours des siècles. Certaines évoquaient de fines araignées blanchâtres ou des escargots munis d'antennes délicates.

— Cet endroit est plutôt joli... quand on s'arrête pour bien regarder.

— Tu as bien raison, dit Kendall Steele, et tu n'as pas encore vu les perles des cavernes. Ces formations vont te faire tomber sur le dos.

— Il y a des chauves-souris?

— Seulement durant la saison froide, quand elles hibernent, répondit-il. Tu entends ces gouttes d'eau? Elles tombent ainsi depuis un million d'années.

Tom sentait l'engourdissement envahir le bout de ses doigts. La faim commençait aussi à le tenailler. Il aurait bien voulu se reposer encore un peu, mais rien ne pouvait arrêter George Harsbarger, qui entraîna l'expédition plus avant dans les profondeurs des cavernes.

La claustrophobie s'empara encore de Tom alors qu'il se glissait dans un passage vaseux. L'espace entre les murs s'amenuisant, il dut se mettre de côté et se déhancher afin de progresser. L'eau de ce tunnel bas lui coulait dans la figure et son cœur se remit à battre la chamade.

— Tu sais quoi, Tattoo? À un moment donné, il faudra bien rebrousser chemin et emprunter de nouveau tous ces tunnels. Je me demande jusqu'où ce George Harsbarger va encore nous amener.

— Tu n'es pas au courant? On se rend en Chine. Quand je reverrai le soleil, je vais embrasser tous les Chinois de la région.

— Ces formes brunes me font penser à des veines énormes. On est peut-être dans les poumons d'un géant.

— Espérons que ton géant ne fume pas.

Ils atteignirent alors une vaste caverne où les lumières des casques projetaient des silhouettes mouvantes. Les ombres et les couleurs dansaient dans tous les sens. Un immense papillon noir semblait palpiter sur un mur de calcaire. On aurait dit qu'un long serpent se tordait au plafond. D'autres formes évoquaient des scènes d'une beauté étrange.

— Une expérience spéciale, ça vous tente? demanda George.

Tattoo regimba, mais tous les adolescents exprimèrent leur enthousiasme.

— Je vous propose une épreuve appelée *Sardines en cheminée*. Un à la fois, vous grimpez dans un tunnel étroit, aussi haut que possible, puis vous attendez le suivant. Le record à battre est... douze sardines.

— Mais si on reste coincés, on va mourir étouffés!

— Bien sûr... Dans un siècle, les archéologues vont extraire vos ossements et vont ensuite reconstituer vos squelettes pour les exposer au musée d'Ainsworth.

— Un beau puzzle!

La mine réjouie, le groupe suivit George, laissant Tattoo derrière, effondré sur une roche.

— Amuse-toi bien, Tom. Moi, je ne bouge pas d'ici.

— Je vais te tenir compagnie.

— Si tu veux.

S'assoyant, Tom se mit à l'écoute des voix surexcitées des adolescents. Les cris devinrent vite étouffés. Bientôt s'installa le silence, uniquement brisé par le clapotis de l'eau sur les roches. Le froid et la solitude envahirent peu à peu le corps fatigué de Tom.

Soudain, la main de Tattoo eut un mouvement vif. Saisissant le fil de la lampe de Tom, l'homme le détacha d'un coup sec. Au même moment, il éteignit sa propre lampe et ils furent immédiatement plongés dans l'obscurité totale.

— Hé! que se passe-t-il?

Un silence terrible fut la seule réponse que Tom reçut. Dans le noir, il chercha à retrouver le fil débranché. Mais ses mains tremblaient de façon incontrôlable. Se retournant, il chercha à voir Tattoo, mais son regard n'arrivait pas à percer l'obscurité totale qui régnait maintenant. Seuls de vifs phosphènes s'agitaient dans tous les sens devant ses yeux devenus inutiles.

Tom sentait qu'il était préférable de ne pas parler. Il chercha à s'éloigner de Tattoo, mais son pied buta contre une roche et il tomba sur le dos. Son casque alla percuter le mur derrière lui pour ensuite rouler sur le sol, non loin. Le silence reprit toute la place.

Tom se trouvait maintenant complètement désorienté. La chair de poule lui couvrait les bras. Sa peur se transformait en une douleur réelle dans la poitrine. Cherchant désespérément un moyen de se protéger, il fouillait des yeux cette noirceur impénétrable. Soudain, une lumière l'aveugla. Tattoo venait de rallumer sa lampe. Il pouffa de rire et aida Tom à se relever.

— Je t'ai fait peur, hein?

— Pourquoi tu as fait ça?

— Je sais pas. Je m'ennuyais, je suppose.

Le corps encore tremblant, Tom observa le regard de Tattoo, cherchant à comprendre.

Kendall Steele éclata de colère quand il apprit cette histoire de la bouche même de Tattoo. Il lui servit un sermon mémorable. Tattoo répliqua faiblement que c'était justement lui, Kendall, qui avait suggéré d'expérimenter l'obscurité totale. Mais cette objection ne lui fut d'aucun secours.

Quand l'expédition refit surface, Tattoo avait retrouvé sa bonne humeur.

— Regardez-moi ça! s'exclama-t-il en exhibant toute la boue qui lui couvrait le corps. Quel gâchis! Je me demande bien comment j'ai pu accepter d'embarquer dans une expédition semblable.

Tom haussa les épaules. Il savourait le mets le plus succulent de sa vie... un simple sousmarin qu'il goûtait comme un trophée pour sa victoire contre la peur. Il faisait si bon de se retrouver assis sous le ciel bleu en humant l'odeur des pins.

Tattoo se défit de son survêtement et le jeta sur le sol.

— Quand je pense que j'aurais pu passer ce temps au Civic à boire avec les copains. En tout cas, ce soir, ne me cherchez pas... Je suis au bar!

— Mais la soirée de Shirleen? dit Tom, surpris. Elle est annulée?

— Cette soirée, c'est son idée. Shirleen peut s'arranger sans moi. De toute façon, personne ne tient à ma présence. Je ne suis qu'un grossier personnage, sans travail, sans famille et sans culture.

Il donna un violent coup de pied sur un pneu du tout terrain, puis il se tourna avec rage vers la forêt.

— Moi, un jour, je vais me réfugier dans une des bâtisses abandonnées par les mineurs et vivre comme un ermite. J'ai entendu dire que quelqu'un était justement en train d'en rénover une pour s'y installer. Je vais le sortir de là et, s'il résiste, quelques coups de pied au cul l'aideront à vider les lieux.

La colère de l'homme était si intense que Tom s'éloigna, se demandant s'il passerait un jour aux actes. Mais Kendall Steele pressa Tattoo de monter dans le tout terrain et le convoi se mit en route pour le retour.

— Les cavernes de Cody sont-elles les plus grandes du monde ? demanda Tom.

— Ah ! vous autres, les enfants, vous ne pensez qu'aux records ! s'exclama George Harsbarger. Les ongles les plus longs du monde, les voitures les plus rapides du monde et, maintenant, les cavernes les plus grandes du monde ! Quand j'avais ton âge, nous étions trop occupés à étudier pour nous intéresser à ce genre de balivernes.

— Les plus profondes sont en France, intervint Kendall Steele. Et les plus longues sont celles du Mammouth, au Kentucky... des trous où autrefois coulaient des rivières.

— On peut se noyer dans une caverne?

— C'est possible. Je connais des spéléologues qui sont déjà restés coincés. Une inondation avait subitement fait monter le niveau d'un ruisseau, bloquant toutes les issues. Mais ils furent secourus à temps.

— Je doute que je retourne un jour dans une caverne.

— On ne sait jamais, annonça mystérieusement Kendall Steele.

🔥 🔥 🔥

Ils arrivèrent bientôt à Ainsworth, où ils plongèrent leur corps épuisé dans l'eau chaude d'un bassin naturel. Tout près, d'autres cavernes, fascinantes sûrement, pouvaient être explorées. Mais elles ressemblaient trop à celles de Cody. Tom se contenta de se laisser flotter dans cette eau thermale. C'est là qu'il se mit à repenser aux enfants kidnappés. Il aurait bien aimé résoudre cette énigme, mais il n'arrivait pas à mettre en place tous les morceaux de cet horrible casse-tête.

Sa nature de Biondi se heurtait à un bien épais mystère.

🔥 🔥 🔥

— Tu crois que Tippi et Chuck sont toujours vivants? demanda-t-il plus tard dans la journée, alors que le tout terrain s'approchait du viaduc orange qui enjambait l'autoroute, près de Nelson.

— Non, répondit Tattoo sèchement. Ils sont morts. Finis. Partis pour toujours.

— Je vous trouve bien défaitiste, intervint George Harsbarger. Vous ne voyez donc que le mauvais côté des choses. Pourquoi cela?

— Ça, c'est pas vos affaires! La vie a jamais été facile pour moi. Maintenant, j'ai perdu mon emploi et j'ai plus de famille.

Surpris, Kendall Steele observait Tattoo dans le rétroviseur.

— Dommage, dit George. Mais bien des gens perdent leur famille sans devenir cyniques comme vous.

— Moi, intervint Tom afin de calmer l'atmosphère, j'ai lu dans un magazine que certaines personnes qui ont perdu leurs enfants volent ceux des autres pour compenser. Cela m'a beaucoup surpris.

— Tu me sembles un bon garçon, dit George. Pourquoi tu ne joues pas pour notre équipe de hockey?

— Je suis de Winnipeg, en visite à Nelson.

— Je n'ai jamais vu les grandes plaines de l'Ouest canadien. Longues et plates, m'a-t-on dit.

— On n'y trouve pas de montagnes, c'est vrai, mais on y trouve les gens les plus accueillants du monde.

— Encore un record! Préoccupe-toi plutôt de tes cahiers d'école, petit. C'est le conseil que je te donne.

— À vos ordres, monsieur!... D'après vous, qui va gagner la finale ce soir?

— Tumbler Ridge, aucun doute là-dessus.

🔥 🔥 🔥

Mais George Harsbarger avait tort. Malgré les encouragements des gens de Nelson pour le Tumbler Ridge, la seule équipe de la Colombie-Britannique dans cette finale, celle-ci venait d'être battue par la puissante équipe de Seaside en Oregon. Leur seule consolation fut la nomination de Simon au titre de joueur le plus utile à son équipe. Tom vit Simon s'avancer au centre de la patinoire pour recevoir son trophée sous les applaudissements des spectateurs. Puis, il brandit le trophée au-dessus de sa tête et fit le tour de la patinoire, le visage illuminé par un large sourire.

— Quelle vedette! lança Brandi en se tapant dans les mains. C'est certain qu'il va jouer dans la Ligue nationale. Ah! S'il pouvait m'aimer un peu plus.

— Moi, intervint Tom, gêné, je te prévois plutôt un grand avenir avec un grand détective.

— Il n'y a pas d'argent à faire dans ce domaine. Sherlock Holmes lui-même ne pouvait même pas se payer une chaîne stéréo. Il passait ses journées à jouer de son stupide violon.

— Tu as sûrement raison, dit Tom, la mine basse.

Mais il retrouva sa bonne humeur quand il vit Simon approcher de la baie vitrée pour leur montrer son trophée.

— Tu viens ce soir, Simon? cria Tom.

— Tu parles!

🔥 🔥 🔥

Avec la lumière et la musique qui émanaient de toutes ses fenêtres, le Shirleen's Place ressemblait à un phare dans la nuit. Dehors, les portières d'automobile claquaient. Les nombreux invités s'échangeaient de bruyantes salutations et se joignaient à la fête.

À chaque étage, une musique différente jouait à plein volume. Ceux qui ne dansaient pas devaient crier pour se faire comprendre. Appuyée contre un haut-parleur rugissant un rock endiablé de Jerry Lee Lewis, dit *The Killer*, Shirleen souriait, heureuse de sentir le rythme l'envahir. Elle était en noir et arborait une petite croix d'argent au cou.

— C'est la musique préférée de Tattoo, ça, cria Brandi. Où il est passé, celui-là?

— Sûrement au bar Le Civic, répondit Shirleen en s'allumant une cigarette. Allez, les enfants, oubliez Tattoo et profitez de la soirée.

Simon arriva peu après et reçut de chaudes félicitations des personnes qui avaient suivi le tournoi. Un brin d'envie s'empara de Tom lorsqu'il vit son ami signer des autographes, mais ce sentiment l'abandonna dès que Simon lui fit un clin d'œil. C'était vraiment le gars le plus sympathique qu'il ait jamais connu.

— Bravo encore! Mais j'aimerais bien savoir comment ton entraîneur a réagi après votre défaite?

— Il a perdu la tête, soupira Simon. Il est devenu complètement dingue, comme s'il venait de perdre la coupe Stanley.

— À ce point-là? intervint Brandi.

— Pire. Il était tellement enragé que ça m'a fait peur. Impossible de prévoir ce qu'il peut faire.

— Du vent! annonça Brandi en riant.

— En tout cas, moi, tant qu'il ne se calmera pas, je reste loin de lui.

— Dans ce cas, viens avec moi, prononça simplement Brandi qui lui saisit le bras et l'entraîna hors de la salle, sous les yeux piteux de Tom.

— C'est pas mal ennuyant, fit ce dernier en s'adressant à Gérald. Tu trouves pas?

— Oublie cette Brandi et viens manger. Tu vas te sentir mieux.

— Ouais... bonne idée!

— Je n'ai que ça... des bonnes idées!

La soirée devenait de plus en plus bruyante. Les danseurs se trémoussaient de façon endiablée. La charpente de la vieille maison en était secouée. À un moment donné, Tom crut entendre les sirènes de la police, mais l'urgence était ailleurs. En grignotant des croustilles, il allait d'une pièce à l'autre. Il retrouva enfin Simon et Brandi près de l'entrée de l'hôtel.

— Salut, Tom, dit Simon qui semblait s'apprêter à partir.

— Tu pars déjà?

— Oui, mais on se reverra sûrement avant que l'équipe quitte la ville la semaine prochaine.

La porte d'entrée s'ouvrit brusquement et quatre jeunes hommes surgirent.

— Salut, bonnes gens! C'est ici la fête de Tattoo?

Sans attendre de réponse, ils se dirigèrent vers l'endroit d'où provenait la musique. Simon eut un sourire.

— La soirée va être longue... Bonne chance!

— En effet, ajouta Brandi. Je n'ai jamais vu ces gars-là auparavant. Je vais m'assurer qu'ils ne cassent pas la baraque.

Elle se mit à leur poursuite. Tom salua une dernière fois Simon. Il demeura un long moment seul sous le porche. La nuit était chaude et la musique agréable. Finalement, il décida d'entrer et de partir à la recherche de Brandi.

Il la retrouva en train de danser avec l'un des éventuels casseurs, un homme jeune aux cheveux noirs et au teint bronzé. Son sourire laissait voir deux rangées parfaites de dents blanches, mais il ne communiquait aucune chaleur. Sa façon de danser avait quelque chose de prétentieux.

Pressentant qu'on ne pouvait faire confiance à ce genre de gars, Tom se laissa tomber dans un fauteuil d'où il pouvait l'observer. Quand la musique se tut, l'homme s'éloigna. Voyant en ce type un voleur éventuel, Tom décida de le suivre. Mais Brandi s'approcha.

— Tu t'amuses, Tom?

— Bien sûr, Brandi. Cette soirée est formidable. Mais comment ta mère peut-elle payer une telle fête? Regarde-moi toute cette nourriture!

— Elle aime faire plaisir. Comme ses affaires vont bien et que toutes ses chambres sont présentement louées, elle peut se permettre d'offrir cette soirée à ses nombreux amis... et à ceux de Tattoo. Sauf qu'il n'est même pas là, celui-là.

— Pourquoi tu dansais avec ce gars? demanda brusquement Tom. Tu ne le connais même pas.

— C'est un beau garçon et un danseur formidable.

— Oh! j'avais pas pensé à ça...

Tom se mit à chercher sur les murs un autre sujet de conversation.

— Tu as des projets d'études?

— Oui, le droit.

— Vraiment? Ma mère est avocate, justement.

— Je pourrais vous rendre visite un de ces jours. J'aimerais la rencontrer. Dommage que tu habites si loin.

— Ce serait fantastique, Brandi. Je te ferai visiter Winnipeg. Tu vas adorer ça.

— C'est un rendez-vous, promit Brandi. Et tu sais pourquoi je veux faire mon droit ?

— Non.

— Parce qu'il y a tellement de victimes innocentes. Je veux les aider.

— Tu veux dire les victimes de kidnappeurs, par exemple ?

— Pas seulement celles-là. Je pense aussi aux locataires exploités, aux employés congédiés sans raison, à tous les genres de victimes, quoi ! Je vais me battre pour elles.

Brandi repoussa ses cheveux vers l'arrière et lança, avant de s'éloigner de Tom :

— Ça m'a fait plaisir de te parler. On se reverra bientôt. Salut !

Tom soupira et monta à l'étage. Tattoo, enfin arrivé, discutait avec Shirleen dans la cuisine. Appuyé sur le comptoir, il lança :

— Hé !... C'est... Tom !

Une forte haleine de bière accompagnait cet accueil. Tattoo, les yeux rouges, ne semblait guère solide sur ses pieds.

— Ça me fait plaisir de te retrouver, Tattoo. Revenu de tes émotions de spéléologue ?

— Jamais plus... j'y... retournerai.

— Quel courage tu as eu, mon gros, d'entrer dans ces cavernes sordides ! dit gentiment Shirleen.

— Shirleen... m'appelle pas mon gros... J'aime pas ça.

— Désolée, dit Shirleen en faisant un clin d'œil à Tom. J'avais oublié qu'on était en public.

— Je pense que je vais redescendre, annonça Tom.

— Je viens avec toi, lança Shirleen. Je dois m'assurer que mes invités s'amusent bien.

Mais le moment était mal choisi pour redescendre. Dans le couloir sombre du rez-de-chaussée, ils tombèrent sur deux silhouettes étroitement enlacées. Surprises, les deux personnes se séparèrent et Tom reconnut Brandi. Près d'elle se tenait le beau prétentieux avec qui elle avait dansé.

— Brandi! s'exclama Shirleen. Que fais-tu là?

— Euh... rien.

— Ne mens pas! lança Shirleen en s'avançant vers le couple. Et vous, sortez de ma maison! Ma fille est trop jeune pour vous.

L'homme murmura quelque chose et passa à côté de Shirleen. Brandi défiait sa mère du regard.

— Laisse-moi tranquille. Je suis capable de prendre mes décisions toute seule.

— Tu es encore une enfant, Brandi. D'ailleurs, tu viens de le prouver.

— C'est ma vie!

— Pas tant que tu vis sous mon toit.

— Si c'est comme ça, je m'en vais!

Brandi écarta Tom de son chemin et courut vers la porte. Shirleen fut clouée sur place pendant de longues secondes. Enfin, elle monta à l'étage. Tom, appuyé sur le mur, se sentait lamentable après ce qui venait de se produire.

Soudain, il décida de passer à l'action. Se précipitant à l'extérieur, il s'élança vers la rue et regarda de chaque côté. Rien ne bougeait, si ce n'est quelques feuilles tremblantes sous l'éclairage des lampadaires... et un chat sur une clôture. Le félin s'immobilisa. Il observa Tom un instant et disparut dans la nuit.

Non loin, on pouvait entendre l'éternel grondement de la Route nationale. Tom courut dans cette direction et aperçut Brandi sur l'accotement. Les phares l'illuminaient sporadiquement. Elle tenait son pouce relevé.

— Brandi! lança Tom. Je suis désolé pour ce qui vient de se passer.

— Oublie ça, Tom. Laisse-moi tranquille.

— Tu ne retournes pas à la maison?

— Non! Cette femme me rend malade... sans parler de son Tattoo.

— Et Super Granny? Elle va tellement s'inquiéter.

L'incertitude traversa le visage de Brandi. Son pouce levé faillit redescendre, mais elle hocha la tête.

— Super Granny est capable de s'arranger sans moi.

— Voyons, Brandi, reviens! S'il te plaît!

— Fous le camp, Tom. Je suis indépendante maintenant... et pour de bon.

Tom cherchait les mots qui convenaient. Une voiture ralentit et le conducteur examina Brandi. Quand il aperçut Tom, il poursuivit son chemin. Quelqu'un siffla à partir d'une camionnette circulant en sens inverse. Un autre homme faillit s'arrêter, mais en apercevant Tom, il décida lui aussi de continuer.

— Brandi, tu te souviens de ce que tu as dit lors du match de hockey?

Elle secoua la tête.

— Tu as dit que si on montait délibérément dans la voiture d'un tueur, il n'y avait pas grand issue possible.

Le bras levé de Brandi descendit quelque peu.

— C'est ce que tu as dit, Brandi! Est-ce que tu crois encore que c'est vrai?

Brandi croisa les bras.

— Il fait froid. Je gèle.

— C'est la peur, Brandi...

— J'ai peur de rien!

Et son bras se releva résolument. Elle s'avança même au bord de la route pour être mieux vue.

— Fous le camp, Tom!

Soudain furieux de cette attitude, Tom s'éloigna, espérant tout de même que Brandi crie son nom ou qu'elle coure le rejoindre. Mais il n'entendit rien... qu'un crissement de pneus.

Se retournant, Tom vit qu'une grande automobile blanche s'était arrêtée près de Brandi.

Elle y monta, souriant à la silhouette du chauffeur. Aussitôt, la voiture repartit et disparut dans la nuit. Tom avait eu le temps d'apercevoir un groupe indistinct de lettres sur la plaque d'immatriculation, mais il était trop loin pour vraiment les déchiffrer. Se sentant soudain très inquiet pour Brandi, il revint rapidement au Shirleen's Place.

La soirée semblait s'être terminée plus tôt que prévu. Les derniers invités quittaient les lieux. Ceux qui restaient s'étaient rassemblés dans la salle de séjour; ils avaient la mine abattue. Quand Tom entra, Shirleen le regarda avec espoir.

— Elle est avec toi?

— Non.

Elle frotta ses yeux déjà rougis.

— Je n'aurais jamais dû lui parler comme ça.

Super Granny intervint alors.

— Brandi est ta fille. Tu dois lui imposer certaines règles de conduite, sinon elle ne te respectera jamais.

— Absolument exact, confirma Maestro.

Tattoo semblait avoir retrouvé ses sens, mais les mots s'articulaient encore mal dans sa bouche.

— Elle va revenir... bientôt. Elle est allée faire une... petite promenade pour se calmer. Tout un tempérament, cette fille.

— Tu as raison, approuva Shirleen, voulant surtout se rassurer elle-même. Elle se promène aux alentours, voilà tout.

Tom appréhendait ce moment. Le cœur battant, il annonça qu'il avait vu Brandi faire du pouce et monter dans une voiture blanche. Un silence terrible plana. Tattoo bondit alors sur ses pieds.

— Moi, je vais la retrouver... et la ramener.

Il se dirigea vers le hall d'entrée, sortit ses clés, se retourna vers Tom et dit :

— Toi, tu viens me montrer la direction prise par l'automobile.

Tom se retourna vers Maestro.

— Vous êtes d'accord ?

Maestro hésita quelques secondes. Il se demandait si Tattoo était en mesure de conduire prudemment. Finalement, il dit :

— Va au bord de la Route nationale et indique-lui la direction. Après, tu reviens ici.

— Je t'accompagne, annonça Gérald.

Quelques minutes plus tard, le minibus s'arrêtait sur la Route nationale. Tom monta avec Gérald pour indiquer à Tattoo l'endroit où il avait parlé à Brandi et la direction prise par la voiture blanche. Il avança ensuite sa main vers la poignée de la portière afin de descendre avec Gérald. Mais Tattoo écrasa l'accélérateur.

— Vous restez avec moi ! J'ai besoin de vos yeux. Ma vision n'est pas très bonne ce soir.

Tom s'agrippa solidement alors que Tattoo allait toujours pleins gaz. Ils bondirent sur le viaduc orange, traversèrent dans la voie de gauche afin de doubler une camionnette trop lente. Le minibus frôla l'accotement de l'autre côté de la route. Une enseigne de hamburgers apparut, se réfléchit sur les vitres de côté et disparut derrière. L'obscurité avala le véhicule.

— Ralentis dans les courbes, Tattoo! lança Tom, vraiment nerveux.

— Je dois la retrouver. Je ne peux pas perdre une seconde.

— Mais tu vas nous tuer!

Une paire de phares surgit subitement devant eux. Tattoo donna un coup de volant, les pneus gémirent et les deux véhicules se frôlèrent sans se frapper.

— Mauvais côté de la route! gronda Tattoo en se frottant les yeux. Mais où se trouve donc cette maudite voiture blanche?

— Arrête-toi, Tattoo! Laisse-moi descendre! Gérald s'exprima alors pour la première fois.

— Calme-toi, Biondi, ordonna Gérald comme soudainement sorti de sa torpeur. Tattoo connaît cette route comme le fond de sa poche.

— Ouais! comme le fond de ma poche! approuva Tattoo dont les yeux brillaient à la lumière du tableau de bord.

Les arbres défilaient à une allure folle de chaque côté du minibus et Tattoo poussait toujours à fond.

— Je t'en prie, Tattoo!

— Je dois retrouver Brandi. J'ai besoin de ton aide.

Finalement, Tom choisit la ruse. Il se pencha vers l'avant et s'enfonça un doigt au fond de la gorge. Il ressentit aussitôt un violent haut-le-cœur qui faillit l'étouffer. Il cracha et toussa, se raclant bruyamment la gorge. Inquiet, Tattoo freina brusquement.

— Non, non, ne vomis pas! Arrête ça! Mon auto va puer!

Il immobilisa le véhicule sur l'accotement. Tom ouvrit aussitôt la portière et sauta à l'extérieur.

— Voyons, Biondi, lança Gérald, un peu de courage!

— Je tiens à ma peau! C'est la seule que j'ai.

— Reviens ici, criait Tattoo, furieux.

D'une main tremblante, Tom referma alors la portière et s'éloigna du minibus.

Quelques secondes plus tard, il se retrouvait seul au bord de la route.

CHAPITRE 8

Tom dut marcher pendant une bonne heure. Il atteignit le Shirleen's Place un peu avant le retour de Tattoo et de Gérald, dont les recherches avaient été vaines. Cette nuit-là, aucune nouvelle de Brandi ne leur parvint.

La police avait été prévenue, mais elle ne pouvait guère intervenir puisque Brandi avait elle-même décidé de quitter la maison.

— Nous devons agir! explosa Tattoo. Je deviens fou, là, assis à ne rien faire!

Il posa violemment sa tasse vide sur la table, se leva et se mit à faire les cent pas. Super Granny l'observait, les yeux humides et rouges. Près d'une fenêtre, Shirleen attendait, immobile et pensive, une photographie de Brandi à la main.

— Elle ne reviendra plus, murmurait-elle, et je ne lui aurai jamais dit que je l'aimais.

— Allons, Shirleen, elle sait très bien que tu l'aimes, dit Super Granny.

— Je ne le lui ai jamais dit. Je pensais que j'avais amplement de temps.

Tattoo passa sa main sur son visage. Les dernières vapeurs de l'alcool s'étant évanouies, il cherchait à mettre de l'ordre dans ses pensées.

— Si c'est le même kidnappeur, il doit tenir

Brandi prisonnière avec les autres enfants. Il ne peut les garder dans une maison; les voisins seraient vite alertés. Où les cache-t-il alors?

— Il a peut-être construit une cabane dans les bois, suggéra Tom.

— Impossible, répliqua Tattoo. La police aurait vite repéré toute nouvelle construction et aurait enquêté.

— Peut-être a-t-il aménagé une vieille bâtisse.

Tattoo se tourna vers Tom et recommença à arpenter la pièce. Soudain, il saisit le jeune garçon par les épaules et s'exclama:

— Mais c'est ça! Voilà l'explication!

Il se retourna vers les autres et s'écria:

— Ce garçon est génial!

— Moi? Pourquoi?

Tattoo se frottait déjà les mains.

— Je sais où les enfants sont cachés. Rappelez-vous les vieilles installations minières près des cavernes de Cody! Je disais que quelqu'un envisageait de s'y installer. Moi, je pense que c'est le kidnappeur lui-même qui les a aménagées... et c'est là qu'il cache les enfants!

— Mais pourquoi les emprisonner dans un tel endroit?

— Qui sait? Ce gars est un cinglé, alors tout est possible. Il ressemble peut-être à ces gars dont tu parlais; tu sais, ceux qui volent des bébés pour compenser la perte de leur enfant.

— Tu vas avertir la police?

— Avec la réputation que j'ai? Certainement pas. Je dois d'abord aller vérifier moi-même.

— Je veux t'accompagner, intervint Tom devant l'allure décidée, et maintenant sobre, de Tattoo.

— Embarque! On part!

Super Granny et Maestro les accompagnèrent jusqu'au minibus. Gérald, lui, dormait déjà dans son lit. De son côté, Shirleen, silencieuse, plongea son regard dans celui de sa fille, sur la photo qu'elle tenait toujours.

🔥 🔥 🔥

Quelques minutes plus tard, ils roulaient sur la North Shore Road. Tattoo ne disait rien. Ses yeux avaient une lueur féroce. Tom aussi restait silencieux.

Au-delà du village de Balfour, la route pénétrait dans la forêt épaisse. Ils atteignirent bientôt une région escarpée où des écriteaux annonçaient des risques d'éboulements. La route, devenue sinueuse, longeait de vertigineuses falaises. La chaussée avait été lourdement endommagée par la chute de roches. Au moment où Tattoo dut éviter une grosse pierre au milieu du chemin, ils croisèrent une auto-caravane dont le chauffeur leur envoya amicalement la main. Mais son salut fut totalement ignoré et le silence se réinstalla jusqu'à Ainsworth.

— Nous y voilà, annonça Tattoo en tournant sur une route de terre et en immobilisant immédiatement le véhicule.

— Mais les cavernes de Cody, c'est plus loin.

— Je sais. Nous allons marcher à partir d'ici.

— Mais...

— Mon minibus est incapable de gravir les côtes jusqu'aux cavernes. Tu ne me fais donc pas confiance?

Ils entreprirent l'ascension et la forêt se referma sur eux.

— Tu sais quoi, Tom? Je trouve que tu as été sage de sortir du minibus, hier soir. J'étais trop soûl pour conduire. Il t'a fallu bien du courage.

— Ouais...

— Et moi, du courage, je n'en ai jamais eu. Je ne suis pas très fier de moi. Je ne sais même plus où aller. Je n'ai pas de travail... je n'ai aucune expérience. Aujourd'hui, un homme comme moi, sans compétences, ne peut plus être embauché. J'ai fait la bêtise de quitter l'école trop tôt... En fait, je n'ai fait que des bêtises dans ma vie.

Pour la première fois, Tom remarqua que la route traversait une forêt semblable à celle où Simon avait été attaqué. Où se trouvait donc ce meurtrier maintenant? Était-ce le kidnappeur?

— Tu as déjà vu ça? demanda Tattoo en pointant le doigt vers un nid de guêpes.

— Oh oui!

— Tu sais pourquoi ils sont gris? C'est que les guêpes mâchent le bois pourri et le transforment en une sorte de papier pour construire leur nid... J'adorais parler à mon fils de tout ce que je savais sur la forêt.

— Il est mort?

— Non, mais quant à moi, il pourrait bien l'être.

— Pourquoi?

— Il ne m'aime pas. Son esprit est empoisonné par sa haine pour moi.

— Comment peux-tu dire ça? Tu ne l'as pas vu depuis si longtemps.

Tattoo se retourna vers Tom.

— Tu sais, les fins heureuses, c'est pas pour moi.

Ils reprirent leur chemin en silence. Malgré la fraîcheur matinale de la forêt, la sueur coulait dans le dos de Tom. Il se demandait s'ils atteindraient enfin leur destination. Grimper cette montagne abrupte, le long d'une route de terre souvent jonchée d'arbres abattus, s'avérait très malaisé.

— On arrive bientôt?

Tattoo s'assit sur un tronc d'arbre.

— Et si je me trompais au sujet de la planque du kidnappeur, Tom? Tout le monde compte sur moi pour ramener Brandi. Tu sais, au fond, je l'aime comme si elle était ma propre fille. Mais nous sommes toujours en train de nous disputer. Elle serait plus heureuse si je n'étais pas dans le décor.

Il regarda la forêt environnante et changea de propos.

— J'adore la forêt. Ici, je suis en paix. Depuis toujours, je rêve de mener une belle vie, mais je suis incapable de travailler pour l'obtenir. Regarde le triste état dans lequel je me trouve. Je voulais devenir motard, et je me suis contenté d'assister à des films de motards. Je voulais devenir une star du rock comme Jerry Lee Lewis, et je me suis contenté d'acheter ses disques. Une vie gaspillée, je te dis!

Tattoo semblait submergé par l'émotion.

— J'ai gâché ma vie. Toutes les belles occasions qu'elle m'a offertes, je les ai laissées passer. Je ne réussirai jamais à être le tueur...

Le tueur!...

À ces mots, Tom recula, se retourna et se mit à courir. Sous les yeux étonnés de Tattoo, figé sur place, il dévala la route et fila en sautant par-dessus les arbres abattus. Enfin, il atteignit la Route nationale où il continua à courir, à l'affût d'un endroit sûr d'où il pourrait surveiller le passage d'une automobile. Il devait atteindre le plus proche village et avertir la police au sujet de Tattoo.

Cette dernière pensée était terrible, mais l'évidence s'imposait. Tom s'arrêta de courir et observa le lac Kootenay. Au bord de l'eau, une structure faite de billots pourris était encore retenue par de longues chaînes rouillées, vestiges d'un quai qui servait autrefois à charger le minerai sur les bateaux à vapeur. Si Tattoo avait réussi à l'entraîner jusqu'aux constructions minières, que lui aurait-il fait?

Tom frissonna. Il entendit alors une voiture approcher. Il courut se cacher derrière une roche, au cas où ce serait Tattoo. Quand le véhicule apparut, Tom bondit hors de sa cachette et agita les bras, mais le conducteur passa sans même ralentir.

À peine quelques instants plus tard, un autre véhicule se fit entendre. Tom fut heureux de voir qu'il s'agissait du tout terrain de Kendall Steele. Le véhicule s'immobilisa et Tom accourut.

— On doit avertir la police tout de suite, monsieur Steele. Tattoo est le kidnappeur et je sais où il cache les enfants.

— Calme-toi, mon petit, dit Kendall Steele en scrutant le garçon de son regard bleu acier. Mais qui es-tu donc?

— Tom Biondi. Souvenez-vous, vous m'avez guidé dans les cavernes de Cody.

— Oui, oui, je me souviens. Allez, monte.

Kendall Steele étira le bras derrière le siège et saisit deux bouteilles de boisson gazeuse. Il en offrit une à Tom. Puis il se mit à regarder les eaux du lac.

— Je me suis longtemps ennuyé de mes enfants, mon gars, mais là, tout va pour le mieux.

La boisson avait un goût étrange, mais

Tom, assoiffé par les récentes émotions, ne s'en souciait pas. Il expliqua:

— Tattoo n'avait plus un sou, alors il a voulu tirer de l'argent de quelques enlèvements. Mais il n'a pas eu le cran d'exiger une rançon. Là, il essaie de rassembler son courage pour tuer les enfants. Et il se pourrait bien qu'il y parvienne, maintenant que je connais la vérité. Nous devons secourir ces enfants!

— Quel terrible accident! marmonna curieusement Kendall Steele en s'allumant une cigarette. L'autre conducteur avait des pneus usés à la corde. Je ne lui pardonnerai jamais ça.

— Qu'est-ce que vous dites?

— Allez, mon gars, finis de boire.

— J'ai fini, annonça Tom en replaçant la bouteille vide sur le plancher arrière. On va appeler la police.

Kendall Steele embraya. Tom s'attendait à faire demi-tour, en direction d'Ainsworth, mais l'homme poursuivit vers le nord.

— On se rend à Kaslo? C'est bien loin.

Il n'obtint aucune réponse. Kendall Steele se contenta de poser sur lui son regard perçant. Ses lèvres esquissèrent un sourire.

Tom se sentit alors tout drôle. Il souleva sa main engourdie afin de se toucher. Sa peau lui sembla de caoutchouc. Sa langue lui parut plus grosse dans sa bouche. Secouant la tête, cherchant à chasser la brume qui l'envahissait, il s'aperçut qu'ils avaient quitté la Route nationale et qu'ils gravissaient le chemin conduisant aux cavernes de Cody.

— Mais... c'est...

Le reste de la phrase ne vint pas. Le tout terrain gronda en franchissant à toute allure une grande mare. Le pare-brise fut copieusement éclaboussé. Sur le plancher, des objets allaient et venaient. Une botte de cow-boy heurta le pied de Tom, qui la repoussa. Le véhicule filait entre les restes effondrés de vieilles maisons en bois rond.

— J'aimerais te communiquer une bonne nouvelle, annonça Kendall Steele sur un ton solennel. Maintenant, tu fais partie de ma nouvelle famille. Tu viens d'être retiré de la race de rats que sont les humains. Tu es mon fils!

Dans la tête de Tom, ces paroles évoquèrent soudain un souvenir vague, comme une scène vécue récemment. Tom remarqua tout à coup la cigarette de Kendall Steele et aussitôt l'image du faux agent de sécurité avec une cigarette au bec lui sauta à la mémoire... il revit également l'image des bottes de cow-boy éraflées qu'il portait. Envahi par la nausée, Tom baissa les yeux et d'autres images lui vinrent... Simon, dans le bois, étranglé par un homme portant justement des bottes éraflées comme celles-là.

— Veux... sortir...

Mais Tom, la bouche engourdie, n'arrivait plus à articuler correctement.

— Tu te sens bien?

Tom secoua la tête. L'homme lui tendit trois pilules vertes.

— Avale-moi ces petits remontants et ça va aller mieux.

Tom se souvint alors d'une fille portant le nom de Brandi qui avait dit qu'un homme offrait des boissons droguées aux enfants et des capsules qu'il appelait «remontants».

— Brandi... a dit... non..., arriva-t-il à prononcer.

— Allez, avale. Ça va te remonter.

— D'ac... cord.

Tom saisit les pilules et les porta à sa bouche. Ses mains tremblaient. Le tout terrain croisa alors une enseigne où l'on pouvait lire *Cavernes de Cody*. Une rivière aux eaux tumultueuses longeait la route.

— Nous y voici, annonça Kendall Steele en freinant. Je vais t'aider à marcher.

L'homme descendit et contourna le véhicule. Avant d'ouvrir la portière, Tom laissa tomber les pilules, qu'il avait gardées dans sa main, et les poussa du pied sous son siège. Il devait maintenant feindre d'être profondément drogué jusqu'à ce qu'il trouve un moyen de s'enfuir.

Même si la forêt ressemblait à un épais mur de verdure, Kendall Steele s'y enfonça en tirant Tom. Le garçon comprenait qu'il devait absolument s'échapper dans les prochaines minutes. Mais comment? Il força son cerveau à réfléchir clairement malgré les nuages qui l'obscurcissaient. Il se rappela alors ce que son père lui avait dit : « Souviens-toi, Tom, un corps inerte est pratiquement impossible à transporter. »

Le soleil le frappa au visage et Tom se rendit compte qu'ils venaient d'atteindre une éclaircie. Il aperçut trois vieux bâtiments rongés par le temps et, non loin, l'entrée d'une ancienne mine qui perçait le pied de la montagne.

— Me sens... pas bien...

Et Tom s'écroula par terre.

— Lève-toi, exigea Kendall Steele en le frappant du pied. Tu dois venir à l'intérieur rejoindre ton frère et ta sœur.

— Suis... malade..., se plaignit faiblement Tom.

Kendall Steele se pencha et voulut le soulever. Mais ce poids mort était trop lourd pour lui. Pendant quelques secondes, l'homme se tint debout près de Tom. Finalement, il décida de s'éloigner.

Il gravit les marches du plus proche bâtiment et y entra. Au moment où la porte se referma, Tom se releva et courut en direction de la forêt, même si son corps lui paraissait tellement lourd qu'il avait l'impression de courir dans de la mélasse. Il lui fallait faire des efforts surhumains.

— Hé !

Kendall Steele venait de sortir du bâtiment.

À ce cri, Tom obliqua en direction de la mine. Il buta contre les rails du chemin de fer abandonné. Une seconde après, il était à l'intérieur.

Des gouttes d'eau tombaient quelque part et Tom fut envahi par la vision terrible de rats qui l'attaquaient. Il se retourna vers la lumière à l'entrée de la mine. Dans une autre situation, il n'aurait eu qu'à sortir par là. Mais il devait plutôt s'enfoncer plus avant dans le tunnel ténébreux afin d'y trouver une cachette sûre.

Une odeur de saleté, d'eau et de métal flottait dans l'air. Tom heurta du pied une pierre qui alla percuter plus loin, provoquant un écho qui se perdit dans les profondeurs de la mine. Il s'immobilisa afin de déceler l'approche possible de Kendall Steele. Puis il poursuivit son chemin dans le noir.

Il crut entendre un bruit. Il se retourna, s'attendant à voir de la lumière, mais l'obscurité régnait partout maintenant. Une faible plainte lui échappa. Il avança la main et toucha un mur de roche. Là, il se laissa tomber sur le sol.

Un long moment s'écoula avant que Tom entende un nouveau bruit. Était-ce le souffle d'une respiration? Le garçon chercha à chasser les images de rats qui le hantaient encore et se mit en boule afin de combattre le froid qui l'envahissait. Mais soudain, il comprit qu'il avait raison! Quelqu'un respirait, tout près!

Une vague de peur l'envahit. Un petit frottement se fit entendre et une flamme apparut dans le noir, non loin. Un briquet! Tom se recroquevilla encore davantage contre le mur, tout en surveillant les reflets dansant sur le mur opposé. Des pas approchaient.

Tom surgit alors de sa cachette, prêt à se battre pour atteindre la sortie. Mais une voix familière s'exclama et le garçon reconnut l'homme qui tenait ce briquet à la lumière chancelante... Tattoo!

La flamme, aussitôt, s'éteignit.

— Je me rends, Tattoo! Je ne résisterai pas. Ne me laisse pas comme ça dans le noir.

La flamme réapparut alors, éclairant le visage de Tattoo.

— Te rendre? Que veux-tu dire?

— Je sais que tu es le complice de Kendall Steele.

Tattoo éclata de rire:

— Allons, ne sois pas ridicule.

Profondément inquiet, Tom marcha à côté de Tattoo en direction de la sortie de la mine. Mais son cerveau était maintenant moins nébuleux et il se demandait comment il pourrait s'échapper dès qu'il atteindrait la lumière du jour.

Mais l'évasion ne s'avéra pas nécessaire. Quand ils s'avancèrent sous le soleil, Tom aperçut Kendall Steele. Il se trouvait sur les marches du bâtiment minier, les mains et les pieds solidement ficelés. Quelqu'un l'avait attaché à une poutre de la galerie. L'homme fixait le sol. Il ne prononça pas un mot et ne leva pas non plus les yeux lorsque Tattoo et Tom s'approchèrent de lui.

— Que s'est-il passé? demanda Tom, éberlué.

— Quand tu t'es sauvé, j'ai simplement

poursuivi mon chemin. Je devais savoir au sujet des enfants. Et j'ai atteint l'éclaircie exactement au moment où tu t'enfuyais vers la mine.

— Kendall Steele me poursuivait. Qu'as-tu fait?

— Je l'ai rattrapé juste à l'entrée du tunnel. Il ne m'a guère résisté. Je l'ai ligoté et je suis entré pour libérer les enfants.

— Comme ça, tu avais raison. Ils étaient ici.

— Oui... sauf Brandi, dit Tattoo en prenant une profonde inspiration. Elle, je n'ai pas pu la retrouver. J'ai même exploré les trois bâtiments avant d'aller te retrouver dans la mine.

— Et le briquet?

— C'est celui de Kendall Steele.

Tom se tourna vers la deuxième construction minière. Il reconnut aussitôt le jeune garçon qui avait été kidnappé sous ses yeux, quelques jours auparavant. Chuck Cohen, les mains dans les poches de ses jeans sales, se tenait devant la porte d'entrée. Sa figure pâle esquissa un faible sourire lorsqu'il vit Tom. Il descendit lentement les marches et traversa l'éclaircie.

— Salut, Chuck, lança Tom. Tu me reconnais?

— Quand est-ce qu'on retourne à la maison?

— Le plus vite possible.

Se rendant compte de l'absence de la petite

Tippi Allen, la première victime du kid-nappeur des montagnes, Tom demanda :

— Tippi était là aussi, non ? Où est-elle ?

Chuck leva la main en direction de la forêt.

— Elle s'est enfuie par là. J'ai pas pu l'arrêter.

— Ça fait longtemps qu'elle est partie ? gronda Tattoo.

— Quelques minutes.

— Tom, tu restes ici. Et ne vous inquiétez pas au sujet de Kendall Steele. Je suis passé maître dans l'art de faire des nœuds.

— J'aimerais t'aider à retrouver Tippi.

— Bon, d'accord, mais ne perdons pas de temps à discuter. Toi, Chuck, tu restes là. Dès qu'on aura retrouvé Tippi, on vous ramène à la maison.

Ils s'engagèrent dans la forêt profonde, sur le flanc de la montagne. Il y faisait sombre. Le soleil arrivait difficilement à percer cette épaisse végétation, sauf dans une petite éclaircie où l'écorce blanche des peupliers reflétait ses rayons. Les oiseaux qui chantaient dans les arbres se turent lorsque Tattoo cria le nom de Tippi. Aucune réponse.

— Pauvre Kendall Steele ! dit soudain Tattoo. Shirleen m'a raconté comment il avait perdu ses enfants dans un accident de la route. Mais qui aurait cru qu'il irait jusqu'à se voler une nouvelle famille ?

— Tu crois que c'est la bonne explication ?

— Tout concorde. Il a transformé les constructions minières en vraies maisons. Il n'y a pas d'électricité, mais il a quand même installé un téléviseur. Ça fait pitié! L'important pour lui, c'était que les portes soient munies de cadenas pour tenir les enfants prisonniers.

Tattoo lança un deuxième appel, mais la forêt demeura silencieuse.

— Moi aussi, j'ai perdu ma famille. Mais, au moins, elle est encore en vie. Avec un peu de chance, je pourrais recommencer à neuf. Kendall Steele, lui, n'aura jamais cette chance.

— Écoute! interrompit Tom qui venait d'entendre un bruit.

Ils crièrent en chœur le nom de Tippi. Ils s'élancèrent ensuite vers le son qui venait de se répéter. Quand ils virent Tippi, elle se trouvait près d'une fente rocheuse. Effrayée par l'apparition soudaine de cet homme tatoué et de ce petit rouquin, elle disparut comme par enchantement.

— Les cavernes de Cody! dit Tattoo. Pourquoi se sauve-t-elle par là?

— Elle doit avoir peur de nous. Elle croit sûrement que nous allons encore l'enfermer.

— Ça n'a aucun sens. Je viens de la délivrer.

— Il faut la sortir de là, Tattoo.

— J'ai juré de ne plus jamais retourner dans cet endroit infernal... Mais si nous attendons du secours, elle aura le temps de se perdre dans ce foutu labyrinthe.

— Sans parler de l'hypothermie. Elle ne porte qu'une robe.

— Pourquoi ces choses-là n'arrivent-elles qu'à moi?

— Reste ici, Tattoo. Je vais aller à sa recherche.

— Il n'en est pas question, prononça Tattoo en brandissant le briquet de Kendall Steele. On n'a pas de casques et ce briquet est notre seule lumière. Et George Harsbarger ne serait pas d'accord pour que tu partes seul.

— Allez, Tattoo, du courage! Il n'y a pas de temps à perdre.

Tom se glissa dans l'ouverture et fut immédiatement happé par l'obscurité. Dès sa première inspiration dans cet air frais et humide, il frissonna sous son mince tee-shirt. Tattoo le suivit de près et alluma le briquet. Une lueur faible se répandit, n'éclairant guère que leurs visages.

Ils perçurent alors le son lointain de sanglots. Pendant quelques secondes, les pleurs cessèrent. Puis les sanglots reprirent doucement en se répercutant en tristes échos autour d'eux.

— Écoute-moi, Tippi, prononça Tattoo d'une voix rauque qu'il aurait voulue douce. Nous voulons t'aider. Viens nous rejoindre.

Ils entendirent quelques roches s'entrechoquer. Les pleurs devinrent plus faibles. Enfin, ils cessèrent complètement.

— Je crois qu'elle rampe dans le couloir qui mène aux autres cavernes, dit Tom.

— Rattrapons-la!

Ils progressaient lentement. Tom se rappela alors les araignées en hibernation et s'imagina qu'elles envahissaient ses cheveux.

— Je ne suis pas rassuré...

— À qui le dis-tu?

Un mur de roche se dressa devant eux. Tattoo le balaya de la lumière du briquet afin de repérer l'étroit passage.

— J'y vais en premier, annonça-t-il en s'agenouillant.

Lorsqu'il se mit à ramper, son corps bloqua toute la lumière et Tom se retrouva dans le noir.

À son tour, il se glissa dans le passage. Il sentit la boue sous ses mains. Bientôt, son tee-shirt en fut maculé. Il devait garder la tête basse à cause des roches dentelées, au-dessus. Mais le pire, c'était l'obscurité totale qui régnait.

— Ça va? demanda Tattoo une fois rendu au bout du tunnel.

Le corps couvert de boue, il brandissait le briquet allumé.

— Il faut la retrouver sans plus tarder, ajouta-t-il. Ce briquet n'est pas éternel.

Tom n'avait pas pensé à ça. Cette petite flamme qui oscillait devant ses yeux était en effet leur ultime moyen de survie.

— Ne laisse jamais tomber une goutte d'eau dessus.

— Mais où se cache-t-elle donc? dit Tattoo en se retournant vers l'obscurité d'une nouvelle caverne. C'est pire que dans un donjon ici. On se croirait dans un immense tombeau souterrain.

— Ne dis pas ça!

Non loin, deux sons leur parvenaient. Le premier était celui d'un cours d'eau qui traversait, invisible, la caverne. L'autre provenait sans doute des sanglots étouffés de Tippi. Elle se trouvait tout près.

Cette fois, Tattoo n'effaroucha pas la jeune fille en l'appelant. Il s'approcha lentement vers les pleurs, ce qui le conduisit vers l'entrée d'un autre passage... encore plus étroit.

— Elle s'est glissée là-dedans, chuchota-t-il en direction de Tom. Je vais y aller et la convaincre de revenir.

— Mais tu es trop gros pour entrer là, objecta Tom. Passe-moi le briquet.

— Attention à la boue! C'est mortel pour un briquet.

Tom acquiesça. Il scruta l'intérieur du passage afin d'en mémoriser la forme. Il éteignit ensuite le briquet. L'obscurité totale s'abattit immédiatement sur eux et, avec elle, la peur. Luttant contre l'angoisse, Tom appuya les mains sur les parois du passage et se glissa à l'intérieur.

Soudain convaincu qu'il n'y arriverait jamais, il fut submergé par l'affolement. Devait-il abandonner Tippi à son triste sort jusqu'à l'arrivée du secours? Le froid lui traversait la chair. Non, il devait la sauver, vite.

À quatre pattes, il continua à avancer malgré tout. Soudain, sa tête buta contre la roche. La douleur lui arracha un cri. Il devait baisser davantage la tête. Son visage frôlait la boue. Appuyé sur les coudes et les genoux, presque à plat ventre, Tom poursuivit sa progression. Tippi sanglotait quelque part, devant. Puis ce fut le silence total.

— Je suis un ami, prononça Tom gentiment. Laisse-moi t'aider.

Aucune réponse. Tom avança encore de quelques centimètres et se mit à l'écoute. Il pouvait maintenant entendre la respiration saccadée de la petite fille. Avec difficulté, il sortit le briquet de sa poche. Suppliant qu'il fonctionne, il le frotta avec son pouce maculé de boue. Aucune flamme. Il fit un nouvel essai et la lumière jaillit.

Du même coup, le visage de Tippi apparut devant Tom. Elle s'était sauvée à reculons dans l'étroit passage. La lumière du briquet dansait dans le regard apeuré de Tippi. Des mèches de cheveux noirs et dégoulinant de boue pendaient jusque sur ses épaules tremblantes.

— Nous sommes tes amis, Tippi. On veut te ramener à la maison... vers ton papa et ta maman.

Tom avança alors un bras.

— Attrape ma main, je t'en prie.

Pendant de longues secondes, Tippi ne bougea pas. Enfin, sa main s'avança avec hésitation et Tom toucha ses doigts gelés. Il lui sourit.

— Je vais reculer lentement... tu n'as qu'à me suivre.

Pour progresser à reculons, Tom dut abandonner la main de Tippi, qui se mit aussitôt à gémir. Vivement, il lui reprit la main. Finalement, avec une lenteur d'escargot et des précautions infinies pour protéger la flamme du briquet, Tom entraîna Tippi avec lui jusqu'à ce qu'il sente la poigne solide de Tattoo, qui le saisit par le corps afin de l'aider à se remettre sur pieds.

Tattoo récupéra le briquet pendant que Tom continuait à parler doucement à Tippi. Une fois debout, elle enlaça Tom. La présence de Tattoo la troublait encore. Celui-ci comprenait la terreur de cette jeune fille qui venait d'être tenue prisonnière pendant des jours. Il se retourna simplement et les mena vers la première caverne.

Un soleil radieux y pénétrait par la fente qui servait d'entrée. La joie envahit alors le cœur de Tom. Enfin, cette aventure était terminée... Excepté pour Brandi.

Où pouvait-elle bien être cachée?

🔥 🔥 🔥

Le retour des enfants fut accueilli avec joie par tous les habitants de Nelson. Les médias envahirent le Shirleen's Place. Tous les journalistes voulaient connaître les détails du sauvetage. Tattoo fit tout pour éviter qu'on le décrive comme un héros. En vain d'ailleurs, puisque sa photo fut publiée partout... ce qui provoqua deux événements heureux.

Le premier fut le retour de Brandi, qui se présenta tout simplement à la porte de l'auberge. Les retrouvailles furent touchantes.

— C'est l'entraîneur de hockey, Burton Donco, qui m'a fait monter, expliqua-t-elle. Il se promenait afin de se calmer après la défaite de son équipe. Il m'a amenée à Kaslo.

Tom baissa la tête. Il comprit qu'il aurait pu reconnaître la Cadillac blanche de l'entraîneur de Simon, ainsi que la plaque sur laquelle étaient écrits les mots *TOO COOL*. Mais devant le sourire de Brandi qui poursuivait son récit, il oublia cette petite erreur.

— Pendant ces deux jours, j'ai tourné en rond. Quand les enfants ont été retrouvés et que j'ai vu Tattoo à la télé, je me suis sentie vraiment seule. Alors, j'ai téléphoné à la Gendarmerie royale et un policier m'a ramenée ici. J'aimerais bien embrasser Tattoo.

L'homme s'approcha timidement et reçut Brandi dans ses bras.

Le deuxième résultat heureux de toute cette publicité se produisit quelques heures plus tard. Au moment où tous se trouvaient réunis autour de la table, la sonnette retentit.

— Pas encore un journaliste! s'exclama Tattoo en se levant pour aller répondre.

Mais ce n'était pas un membre de la presse qui se tenait sur le seuil. C'était Simon. Il souriait timidement en tendant la main à Tattoo.

— Salut, papa. Ça me fait plaisir de te retrouver.

Tattoo embrassa Simon et le serra fort.

— Comme tu m'as manqué, mon gars!

Tom les regardait, stupéfait. Il se tourna ensuite vers Shirleen qui, de toute évidence, était aussi éberluée que les autres. Elle eut enfin un sourire.

— Allons, Tattoo, fais entrer ton fils. Il a peut-être faim.

Un bras enlaçant toujours les larges épaules de Tattoo, Simon s'avança.

— Non merci, madame, je suis vraiment trop excité pour manger.

— Je redoutais tellement cet instant, dit Tattoo en serrant Simon contre lui. Mais je me sens si bien maintenant.

— Allons, explique-nous! intervint alors Maestro.

— Ce sera avec plaisir, commença Tattoo. Depuis longtemps, je ne savais plus où demeuraient mon fils et sa mère. C'est à la compétition de bûcherons que j'ai repéré Simon. J'ai tout fait pour l'éviter.

— Pourquoi?

— Je croyais que Simon était rempli de haine envers moi. C'est Tom qui m'a fait changer d'idée là-dessus. Mais je ne voulais surtout pas ruiner la vie de mon fils.

— Mais papa, c'est insensé, intervint

Simon en souriant. Quand je t'ai vu à la télé, j'étais tellement fier de toi. Il m'en a fallu du courage pour venir sonner ici.

— Les gens disaient que tu étais tout un joueur de hockey, mais je ne les écoutais pas. Je me croyais indigne de partager tes succès.

— J'aimerais que tu me voies jouer, papa.

— Mais le tournoi est terminé.

— L'hiver prochain, à Tumbler Ridge, il y aura beaucoup d'autres parties.

— Oui, j'irai peut-être là-bas... pour un match.

— Non, papa. Je souhaite que tu viennes rester avec moi. Tu trouveras sûrement un emploi à Tumbler Ridge. Il y a du travail pour tout le monde là-bas.

Tom regarda alors Shirleen. À sa grande surprise, cette idée semblait lui sourire.

— Vas-y, Tattoo. Tu parles tout le temps d'une deuxième chance. La voilà.

— Oui, peut-être, prononça Tattoo en s'assoyant à table. Vous savez, je n'arrête pas de penser à ce Kendall Steele qui tentait de se refaire une famille. Moi, j'ai une possibilité qu'il n'a jamais eue.

— Maintenant que Simon est là, intervint Tom, je peux te l'avouer, Tattoo. Je croyais que tu étais le kidnappeur des montagnes et que tu te préparais à éliminer les enfants.

— C'est pour ça que tu t'es enfui?

— Tu me faisais peur. Tu disais que tu n'avais pas eu le courage d'être le tueur.

— C'était donc ça! s'exclama Tattoo dans un grand éclat de rire.

Il se leva et se dirigea vers le salon, d'où il revint aussitôt en tenant un vieil album de Jerry Lee Lewis intitulé *The Killer Rocks On*.

— Vous savez, dit-il en brandissant l'album, comment j'ai regretté de n'être jamais devenu une star du rock comme Jerry Lee Lewis. Vous connaissez son surnom?... On l'appelait *Le Tueur*! C'est pour ça, Tom, que j'ai dit que je ne réussirais jamais à être le tueur!

Il y eut un grand éclat de rire, auquel se joignit Tom. Il se tourna vers Gérald et lança:

— Avant que tu le dises, Logan: le grand détective s'est encore fait avoir!... C'est ça, hein?

— Tu l'as dit, Biondi. Je ne t'engagerais même pas pour découvrir les deux bouts d'un bâton de hockey cassé.

— Avoue que j'ai failli résoudre cette affaire-là. J'ai simplement raté quelques indices... comme lorsque Kendall Steele a affirmé au Big Tee qu'il connaissait cette histoire de faux agent de sécurité et d'écusson doré, alors que la police n'avait rien révélé de tout ça à la presse.

— Moi, j'avais remarqué, mais je n'ai rien dit.

— Oui, bien sûr, Logan, répliqua Tom avec un brin d'ironie. Je savais aussi que le kidnappeur fumait et avait une voix très basse.

Ces détails-là, je ne m'en suis pas préoccupé non plus. Mais je ne savais pas que Kendall Steele avait perdu sa famille. Durant l'expédition dans les cavernes de Cody, il avait parlé de son fils qui aimait tant explorer cet endroit. Et durant le voyage, j'avais aperçu les bottes de cow-boy éraflées que portait le kidnappeur quand il a enlevé Chuck et, plus tard, quand il s'est attaqué à Simon. Oh oui, c'est vrai, je suis passé à côté de bien des indices...

— Mon assaillant, s'étonna Simon, c'était donc Kendall Steele!

— Sans doute nous a-t-il vus sur la rive du lac et a-t-il cru que nous étions de jeunes enfants. Mais, s'apercevant de son erreur, il a été pris de panique.

— Ce pauvre homme, intervint Maestro, doit avoir des tendances à la schizophrénie. Par moments, il devait perdre contact avec la réalité et se croire vraiment le père des enfants qu'il emprisonnait. À d'autres moments, il pouvait agir tout à fait normalement. Un cas bien triste, je trouve.

— Tout comme Biondi, lança Gérald. Les gars de chez nous vont s'amuser lorsqu'ils vont apprendre comment Biondi s'est fourvoyé dans cette histoire.

— Tu as bien raison, répliqua Tom. Je devrais peut-être réviser mon projet de devenir détective. Je pense que je vais me recycler et devenir chef cuisinier.

Il se retourna vers Shirleen.

— Mon potage est-il prêt?

— Oui, Tom, mais tu as trop attendu pour le servir. Plus personne n'a faim maintenant. Dommage, après tout le soin que tu y as mis.

— Je vais en manger, moi, de ton potage, intervint Gérald. Il ne faut jamais laisser se perdre de la nourriture; c'est ma devise.

— Bravo, Gérald! s'exclama Tom en lui versant un plein bol fumant. Je savais que je pouvais compter sur ton appétit féroce. Savoure-moi ça.

— Du potage gris, s'étonna Gérald en soulevant une première cuillerée sur laquelle il souffla avant de l'avaler. Pas mal, Biondi.

— Ouais...

En un temps record, Gérald vida le bol et s'en servit un autre. Pendant qu'il ingurgitait cette deuxième portion, Tom l'observait avec un curieux sourire. Il se tourna alors vers les autres invités et annonça:

— Puisque George Harsbarger n'est pas ici pour s'objecter, j'aimerais maintenant parler de records mondiaux. Dites-moi: savez-vous quel est le plus gros plat jamais servi?

Aucune réponse.

— Le chameau rôti! Il a été présenté la première fois lors d'une noce chez les Bédouins. Des œufs sont placés dans un poisson, lequel sert de garniture à l'intérieur d'un poulet que l'on fourre ensuite dans une brebis, que l'on introduit dans un chameau, qui est par la suite rôti.

— Étonnant! s'exclama Super Granny.

— Maintenant, vous allez me dire quel est le plat le plus étrange jamais servi.

Tom attendit une réponse qui ne vint pas. Souriant, il expliqua :

— En Corée, le potage aux vers de terre est considéré comme un délice. Là-bas, on en est friand. J'ai pensé que vous sauriez apprécier ce mets exotique.

— Très intéressant, dit Maestro qui notait toutes ces informations dans son carnet.

Soudain, il se tourna vers le fond du bol de Gérald, où reposait encore un peu du potage gris que lui avait offert Tom.

— Tu ne veux pas dire que...? Tu n'as pas osé...

— Si je dois devenir un grand chef cuisinier, je me dois de servir des mets exotiques. Réussir une bonne soupe aux vers de Corée me semblait un beau défi à relever.

Horrifié, Gérald gardait les yeux sur son bol. Il leva ensuite la tête en direction de Tom, qu'il fusilla du regard. Il porta les deux mains à sa bouche et courut vers les toilettes. La porte claqua derrière lui.

— Qu'est-ce qui lui prend? demanda Tom, l'air étonné.

Il se dirigea ensuite vers la cuisinière, se versa un plein bol de ce potage gris et revint s'installer à table. Après en avoir avalé quelques cuillerées, il s'adressa aux gens rassemblés autour de lui.

— Personne d'autre n'a faim?

— Non merci, répondit Tattoo. Comment peux-tu avaler une soupe pareille?

— C'est délicieux, continua Tom en claquant sa langue de satisfaction. Ce velouté de champignons, je vous assure, c'est un vrai chef-d'œuvre.

Pendant que tout le monde s'esclaffait, Tom se mit à l'écoute des vomissements en provenance des toilettes.

— Gérald souhaitait que les jeunes de chez nous aient l'occasion d'entendre de bonnes histoires. Je pense qu'ils vont adorer celle-là.

FIN

À l'âge de douze ans, Eric Wilson habitait Winnipeg où souvent il s'amusait à filer les gens qui avaient l'air louches, dans l'espoir d'exposer au grand jour un complot ou un quelconque acte criminel. Pour Eric Wilson, maintenant un des auteurs pour jeunes les plus populaires du Canada, ces pérégrinations enfantines n'étaient que les premiers pas vers une carrière d'écrivain consacrée aux livres d'aventures.

L'imagination débordante d'Eric Wilson, qui réside aujourd'hui en Colombie-Britannique, nous plonge sans cesse au cœur d'intrigues remplies de suspense. Ses deux héros, Tom et Jessica, sont frère et sœur. Et ce jeune duo de détectives nous fait vivre des moments palpitants! Leurs aventures nous tiennent constamment en haleine avec des dénouements inattendus.

Des romans époustouflants! Voilà pourquoi Tom et Jessica Biondi sont si populaires auprès des lecteurs et des lectrices de tout âge, même au-delà de nos frontières.